望美人兮天一方

孔庆英　著

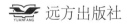
远方出版社

图书在版编目（CIP）数据

望美人兮天一方 / 孔庆英著. -- 呼和浩特： 远方
出版社，2022.9

ISBN 978-7-5555-1652-1

Ⅰ．①望… Ⅱ．①孔… Ⅲ．①散文集 – 中国 – 当
代 Ⅳ．① I267

中国版本图书馆 CIP 数据核字（2022）第 167301 号

望美人兮天一方
WANG MEIREN XI TIAN YI FANG

著　　　者	孔庆英	
责任编辑	奥丽雅　萨日娜	
封面设计	张建新	
封面题字	余贵林	
插　　　画	王永鑫	
版式设计	韩　芳	
出版发行	远方出版社	
社　　　址	呼和浩特市乌兰察布东路 666 号　邮编 010010	
电　　　话	（0471）2236473 总编室　2236460 发行部	
经　　　销	新华书店	
印　　　刷	内蒙古爱信达教育印务有限责任公司	
开　　　本	787 毫米 × 1092 毫米　1/16	
字　　　数	178 千	
印　　　张	13	
版　　　次	2022 年 9 月第 1 版	
印　　　次	2022 年 12 月第 1 次印刷	
印　　　数	1—1 800 册	
标准书号	ISBN 978-7-5555-1652-1	
定　　　价	45.00 元	

如发现印装质量问题，请与出版社联系调换

心灵憩息的居所

　　我是北方山乡一个土生土长的农家子弟。十几岁时，我总是瞅学校放学和放假的空儿，趴在庄稼地谷黍垅间的阴凉下，或钻进打谷场的麦垛里，一遍一遍翻看从同学手里借来的小说。虽然我对山外的世界有过憧憬，懵懂中，似乎还有一个作家梦倏然闪过，但我着实不懂也不敢设想自己的未来。有一年，家里翻修了低矮的土屋，父亲请来画匠为我家画墙围子，我蹲在画匠师傅身后，一看就是一整天。村里的四大爷说，好好看人家画画儿，长大后，你也能当个画匠。

　　最终，我还是没有当画匠，也没有向作家的方向努力。我考上了部属中等专业学校，毕业后成了一名国家干部。我从学校毕业分配工作至今，三十年的职业生涯，基本上是和文字打交道的，在旗里当秘书，调到盟里还是当秘书，当办事员、科员时是秘书，当了副科长、科长后也是秘书，再后来当了副秘书长，职务里还是有"秘书"两个字。秘书，是靠写材料吃饭的行当，三十年来写过多少调研报告、工作安排总结或其他文稿，自己实在是数不清也说不清，点墨所积，垒叠起来恐怕也能以"等身之作"来形容了。

不入其行，不知其难。这么多年来，我和所有的秘书同仁一样，焚膏继晷，忘我忘家，慎独慎微，清苦无怨，特别是为不漏事不误事办妥事，为应对处理急事难事，长期处于高度紧张的状态。人们常说，人一生从二十多岁入职到五十多岁临近退休，有知有力的时间也就三个十年。我在党政机关办公室从事秘书、政务工作，满满当当干到三十年，这份"坚守"真是需要有点耐心和耐力的。曹雪芹在《红楼梦》第一回中掩泣长叹："满纸荒唐言，一把辛酸泪！都云作者痴，谁解其中味？"一语道尽他写书的酸甜苦辣，仔细品味这首短诗，我的内心也是五味杂陈。

这么多年来，我工作之外的时间大多被加班加点占用，双休日也很少能像样地休息一天。对父母尽不到孝心的自责，妻子女儿偶尔的埋怨，亲戚朋友的不理解，长年累月身心疲惫导致身体上不断产生的抵触，让我心里也有许多委屈和酸涩，我也不止一次感到迷茫、失落，感到孤寂和痛楚。

我一直在寻找一处心灵憩息的居所。

一九九三年六月十一日，我写的一篇小散文《恩情》发表在《乌兰察布日报·大青山》上，这是我第一次尝试散文写作，也是我的文字第一次变成印刷体在地区级报纸上发表。从这一年起，工作之余，我开始耕耘一块纯属自己的"自留地"。那年，我写了七八篇小散文投向《乌兰察布日报·大青山》，无一退稿全部发表。

说是耕耘，其实，我根本算不上一个勤于"耕田"、精于"耕田"的"好把式"。我不是中文系科班出身，我知道爱好不等于有文学方面的天赋，仅在当年课堂上读过几篇如杨朔的《荔枝蜜》、刘白羽的《长江三日》等名家范文，仅仅从报纸杂志上剪下几百篇散文偶尔翻翻，就想挽起袖子在写作上大显身手，就想做文学梦，那这个梦也太天真了。发表几篇散文后，我并不是自此文如泉涌，以后的几年，我因懒惰疲怠且少有闲暇和心情，这块"田"几近荒芜。在真正因某地某人或某事触动心弦的那一刻才会有感而发，想起重新料理"自留地"。写得多时，每年也就四五篇散文和五六首小诗；写得少时，仅一两篇散文和两三首小诗。好在二十多年来，我一直惦记着这块属于自己的"田"，也没舍得放下手中的"犁"，偶尔静下来，还是用心去耕耘，疲惫的时候，我的心灵能在这里得到片刻的憩息。

在机关做政务工作，不是许多人想象的那样轻松。当秘书的辛苦自不必说，做农口副秘书长的那七八年，一年十二个月不时地往旗县跑，往乡下跑，工作场所多是在田间地头、养殖场舍，在造林现场、水库大坝。我担任市防火、防汛、防疫的副总指挥，多年来，夜间就没关过一次手机。在政府办工作的后几年，我在履行副秘书长职责的同时，兼政府办主任的职务，承担的工作更多，来不得半点马虎和懈怠，除办会开会、安排和参与接待、重要文稿修改把关、每天一大摞公文的签批及其他内务运转之外，还分管几个科室。每晚睡前，都要把第二天要做的事再细细捋一遍。这些年，我也想多写点东西，总觉得挤不出时间，我知道没时间终究是个借口，其实真是静不下心来，把心放在这头，只能抛舍那头。有一年，我写的几篇散文发表在中国作家网原创栏目，一个朋友看到，说："母鸡的职责是下蛋，打鸣是公鸡的事儿，不是你的活儿你非要干，小心荒了你的本业！"这话虽是调侃，但也无不中肯。

近十年来，一位叫孙树恒的文友一直鼓励我坚持写点自己的东西，他是作家、诗人，笔名恒心永在，曾经也在政府办公部门工作。共同的职业经历，共同的文学爱好，让我俩成为相知相惜的挚友。我俩常能小聚，或我去呼和浩特，或他来乌兰察布，一壶浊酒，聊聊诗文，叙说友情。因为有他的鼓励，我才没有扔下手中的笔，有"恒心永在"那个笔名共勉，我俩一直默默坚守心中的文学理想。

我写的小豆腐块除了投给报纸和文学类杂志，我还把文学类网站作为一个练笔投稿的平台。我得感谢一位网名叫"知青姐姐"的文友，是她把红袖添香、榕树下等几个较大的文学网站介绍给我。她本名韩晓云，河北隆尧县文化馆退休干部，河北省作家协会会员，著有《一朵飘不走的云》《坐看云起时》等多部诗集、散文集。当时有不少业余作者对文学类网站比较认可，并在这些平台发表诗词、散文和小说等。经韩姐引荐，我把自己几年前写的散文和诗整理，逐篇投送到红袖添香网发表，篇目达到一定数量后，自动生成个人文集。之后，我每写诗文都发表在该网站自己的文集里，计有散文七十余篇，我给文集定名为《望美人兮天一方》。

二〇一八年五月，工作岗位调整，我也稍稍有了闲暇时间。偶尔翻出多年来我在报纸杂志上发表过并剪裁下来的"作品"，一时间有了归集在一起出一部散文集的想法，这些陈年旧篇如果再随便扔在柜底几年，恐怕以后也捡拾不起来了。我知道自己有几斤几两，两三千字的小豆腐块既不流畅也不凝练，整理筛选后四十多篇的小体量，根本谈不上厚重，出版这部集子，难免贻笑大方。我只是想有一个对二十多年坚持笔耕的总结，还想有个今后继续坚守初心的开端，再就是对文学的爱好，偶尔拿起笔写一点心情文字，恐怕永远是我心灵赖以休憩的一个居所。

这部集子断断续续整理了两年多，共分六辑，我把书名仍定为《望美人兮天一方》。美人，是我矢志不渝追求的人生理想，也是我心中一直追寻的文学梦。

二〇二〇年六月六日于集宁

目 录

MULU

第三辑　清瘦的路

第四辑　不变的故土　绵延的亲情

第五辑　岁月如海　友情如歌

第六辑　心作诗书走天涯

● "大漠神奇千万载，孤山一座对天红。"我们的越野车停在台地前方不远处，见台地从平坦处突兀跌落，形成长长的断崖，大致为东西走向，长十余公里。整个山体并非岩石，而是以沙砾黏土为主的断层结构，沙土土质发红，从山脚下望去状似红山，雄奇壮观。

● 十几岁时，每年冬天父亲都赶着牛车领我到乌兰哈达火车站拉烤火煤，蜗牛般的勒勒车经过火山脚下，要在布满火山渣屑和残雪的土路上颠簸两三个小时，那时，父亲用鞭杆指着一座庞大雄奇、披着皑皑白雪的火山锥，说："你看，这就是太上老君的炼丹炉。"

● 仿佛是油画家无意间泼洒了一桶绿色颜料，仿佛是天上悄然掉落了一块碧绿的翡翠，北方一座叫集宁的小城魔术般地绿了，绿得让人恍如隔世，绿得让人目瞪口呆，绿得让人回不过神来。

● 站在苏木山最高峰黄石崖上，董鸿儒目光炯炯，远眺群山。那时那刻，林海万顷，晚霞通红，苏木山上挺拔的落叶松，婷婷的白桦林，在一阵清风中飒飒作响。

有一个地方叫边关

　　乌兰察布市境内的中蒙边境，数百平方公里的区域都是人烟稀少的低丘戈壁。我先后六次随地方领导和部队首长到边防一线，每次都到前沿哨所慰问守边战士，再沿水泥桩铁丝网构筑的边境线百里巡边。

　　从边防某团团部驻地到所属边防连队，最近的也有五六十公里，远的上百公里，戈壁路颠簸不平，从一个连队到另一个连队，即使是越野车也得走上大半天。一路上，能看到的牧民居住点屈指可数，每隔几公里才见一群羊或十几只骆驼，整个视野内都是荒漠草原。在风蚀沙化严重的地段，只有布满石子沙砾的戈壁，植被十分稀疏，只是零零星星点缀着一丛丛、一簇簇戈壁蒿和骆驼草。遥远空旷的天际，近似荒凉的地貌，单调乏味的色彩，让进入这一区域的人在车上昏昏欲睡。要是运气好，可以看见远处有一群黄羊出现，或有一群野驴扬着尘土飞快跑过，你会惊讶地喊一声："快看，黄羊！快看，前面有野驴！"这是戈壁草原上让人眼前一亮的美景。

快到连队时，远远就能望见低丘上高高矗立的哨楼。汽车开进边防某连驻地，一个方圆百米的院落，二层红砖小楼，两三台保障车整齐地停在院子一侧。营房前栽种的榆树被剪成整整齐齐的榆墙，一丛丛榆树给荒漠戈壁增添了难得一见的绿色。我知道，有军营就一定会有绿色，一定会有勃勃生机。

然而，真正在我心中留下深深烙印的，是戍守边关的边防军人，那才是边关一抹永恒的绿。

走进军营，走近战士，我感受边防军人的军旅生活，感受他们的军人情怀。

守边的战士，有的来自江南小镇，有的来自熙攘都市。当兵之前，他们是父母膝下的娇儿，但从走进边防军营的第一天起，他们稚嫩的肩头就承担起神圣的职责，茫茫戈壁把他们锻造成铁血男儿。如今，他们的主要任务是在边境线上反走私、反偷渡，防控中蒙双方人畜越境，防范不法人员偷猎野驴、黄羊等国家保护动物。多年来，这些边防连队出色地完成了巡边守边任务，每个连队队部荣誉室里都挂满了记载各项荣誉的牌匾和锦旗。

连队是边防一线，哨所是边防前沿。"一个哨所三个兵"，被称为临时哨所的执勤点，都布在边境线附近，离连队三五十公里，是由水泥砖头砌筑的半地堡式建筑。一个干部带两名战士，在哨所执勤一次就是一个月。白天，他们留一人在哨所值守，其余两人在边境线上巡逻，夜间通过哨所瞭望窗口放哨警戒。猫腰进入哨所，里面空间很是狭小，三人一个通铺，被子叠成豆腐块，棱角分明，在粉刷得洁白的墙上挂着望远镜。他们自己做饭，连里给哨所送来的水储存在铁皮桶里，三个人能用一个星期。除了简陋灶台上用细白纱布苫着的锅碗炊具，床铺靠墙处还有一台小收音机、几本书和一把吉他，很少见这里再有别的东西。执勤战士每天清早在哨所外练操，雷打不

动，严格按照规定时间执勤警戒，按规定线路徒步巡逻。春季沙尘暴铺天盖地，夏季酷暑炎炎，到了漫长的冬季，寒风凛冽，暴雪不断，有时因暴风雪断路，一连数日送不上水，他们只好融化积雪澄清后饮用。戈壁滩人迹罕至，荒凉寂寞，遇到紧急情况，执勤战士仅能通过哨所一部军用专线电话与连队联络。战士们想家、想念父母亲人，在明月当空的时候，他们常常拿起那把钟情的吉他，轻轻拨动思乡的琴弦。

有一次，我们去一个哨所慰问，有位副连长在哨所带兵执勤。慰问组要离开哨所时，他小心翼翼地拿出一封信，托我回城里帮他转寄出去。信封是对折的，四边已磨出皱褶，看来已在兜里揣了好几天。我收好信，答应他回去后马上就寄。我不记得他的名字，只记得他是重庆人，他带的两个战士一个是天津人，另一个是内蒙古通辽人，三个人的脸膛被戈壁烈日晒得黝黑，嘴唇有点干裂。我把车上十几瓶矿泉水全部留给哨所，和他们一一握手告别。我知道，这里早已不再是"烽火连三月"的古代边塞，但在戈壁边关哨所里，也是家书抵万金啊！

要问边防连队谁在默默吃苦受累？谁最寂寞？在哨所值勤巡逻"扛枪的兵"还算不上，而是穿军装的给连队放羊的"羊倌"。有一次，我去边防某连，这个连饲养了上百只羊补给连队生活。连长说，连队养羊，只能由连里的战士去放。来边防当兵，战士们不怕爬冰卧雪，一心想着手握钢枪戍边卫国，不曾想，枪还没摸几次，却抡起牧羊铲。放羊的战士心里委屈，但军人以服从命令为天职，就是来自水乡泽国从来没有听过放羊的士兵也都毫无怨言地接受任务。他们最初不会放，就跑到很远的牧点向牧民请教。他们每天赶上羊群徒步到营房几公里以外，一把水壶、一袋干粮，早出晚归，风雨无阻，夏天要忍受三十多度的高温酷暑，冬天要顶着零下二三十度的严寒走进冰天雪地。他们整天见不到一个人，就和石头、小草、天上的白云说话，自己和自己说话，偶尔唱一首军歌，排遣难耐的孤独，那种孤独和寂寞任何人都无法体会。每天最晚回连队食堂吃饭的是连里的"羊倌"，在连队见到脸膛最黑、最粗糙的也是连里的"羊倌"，但你和他搭话时，他首先立正，然后敬一个标准的军礼，那一刻，你看到的不是一个放羊的兵，而是军营一尊威武的铜像。

有一名战士当了两年兵，差不多有一年是做"羊倌"。他说，羊就是他的"士兵"，他就是羊"司令"。他给羊群里的头羊、几十只健壮公羊和良种母羊都起了名字。退伍离队时，他告别战友，也给他的羊最后喂了一次草料。他一一念叨羊的名字："犄角将军、大壮、雪球、羊贵肥、黄头儿……"连长说，当时他哭了，战友们也都哭了。

在边防某连慰问的一个晚上，在军营小院，慰问组和官兵们举办小型联欢活动。活动进行到一半时，司令员忽然点名让我上台表演节目，我给战士们唱了一首军歌：

> 你下你的海哟
> 我淌我的河
> 你坐你的车我爬我的坡
> 既然是来从军哟
> 既然是来报国
> 当兵的爬冰卧雪算什么
> 什么也不说
> 心中有团火
> 一颗滚烫的心哪暖得这钢枪热
> …………

在边关，我见过在我心目中最庄严的一个军礼。黄昏时分，在戈壁滩巡逻道上，我们遇到两名身穿迷彩装、背着钢枪的战士。军分区司令员的车子停下来，他俩也在土路边停下脚步，战士和司令员同时以标准的姿势互致军礼。首长突然出现在边防线上，战士有些拘束和紧张。司令员注视着他的兵，目光威严而又怜爱。他问了问巡逻情况，拍了拍战士的肩膀，说："小子，看好咱家的门！"两名战士再次立正挺胸敬礼，说："是！"仅仅一个字，既是对首长的承诺，更是对祖国的庄严承诺！

在边关，我见过让我永远不能忘记的四个字。在巡逻道一侧的浅草坡上，用戈壁石摆成的"祖国万岁！"四个字呈现在我眼前，这是那些普通得不能再普通的战士，用捡来的一块块石头，用他们滚烫的爱国之心"写"下的。看到这四个字，我的泪水在眼眶里打转。随行的记者问："你在边关最大的感受是什么？"我说："这个感受只有我们的战士有资格说，这些在最艰苦条件下保国戍边的军人，真正懂得祖国在心中的分量。在这里，我知道了什么叫责任和奉献！"

二〇〇三年八月三日于内蒙古边防某团

感受春天的美好

塞外的春天虽然姗姗来迟，但终究在我久久的期盼中走来了。五一前下了两场春雨，润润了久旱的大地。暖暖的春风吹过，一夜间，城中白泉山和大街小巷的树绿了，草绿了，山杏、山樱桃花开满枝头。为此，我的心情格外好。

女儿放假回家，晚饭间几次试探我能不能带她出去走走。我正琢磨这个小长假的去处时，在老家察哈尔右翼后旗和在丰镇市供职的两个老同事先后打来电话，一个约我带孩子回老家植树，另一个说相邀两三家到晋北几个景区看看。

我看出孩子想拥抱春天、拥抱大自然迫不及待的心情。其实，我因工作忙半个多月没出城，也想走出去放松两天。我跟孩子说，这两个活动咱一家子都参加！

一

五月一日早晨，天朗气清，我们七点从城里出发，向北直奔察哈尔右翼后旗白音察干镇。昨夜小雨润如酥，天公正道有划谋，最是一年春好处，苍鹰展翼九重舒。女儿满眼好奇地向车窗外张望，妻子的嘴角也挂上了浅浅的微笑。春天，真的来了！

我从察哈尔右翼后旗调市里工作十四年了，虽说每年回来十几次，但家乡年年都有新变化，每次回来都让我有新感受。G55高速公路、一级公路呼满大通道建成通车，察哈尔右翼后旗交通优势凸显，经过几年围封保护和建设，城镇周边乃至全旗的生态得到恢复。快进入镇区时，一座高大的骏马雕塑首先映入眼帘，白音察干镇新城区一幢幢新楼平地而起，招商引资产业项目相继落户工业园区。我真切地感受到察哈尔右翼后旗的经济和社会事业像春天一样焕发勃勃生机，也像这匹骏马一样腾空而起，正在飞速发展。

春天真是个令人感动的时节。呼满大通道一侧，旗林业局局长、副局长和技术员已提前到达等候我们。我没想到林业局朱副局长和我的妻子是高中同班同学，她毕业于林学院，是从基层林业技术员一步步走上林业局领导岗位的女干将。春季植树造林正当其时，几天前，已有植树专业队挖好数百个树坑。打早起，几台浇水车给每个树坑都浇透了水，女儿和老同事的小儿子第一次参加植树劳动，早已跃跃欲试。我想，让孩子们植一次树，正好也给他们上一堂热爱自然、建设绿色家园的生态文明教育课。

技术人员现场示范、把关，我们一家三口植株、填土、踩踏压实，不到两个小时，种下了三十多棵高杆杨，齐刷刷地直立路旁。朱副局长说，作为京津风沙源旗县之一，察哈尔右翼后旗为构筑京津绿色屏障，在生态保护和建设上下了很大功夫。每年春季植树时节，林业部门在整地、挖坑、选苗、栽植、浇水、管护等各个环节都严格要求，保证植树成活率。她说："你们每年回来看看自己亲手栽的树，六七年后，肯定绿树成荫了。"

带一身家乡泥土，我们回到白音察干镇，到一家餐馆吃早点。说是早点，其实是上午老同事特意安排的蒙餐——炒米、奶茶、手把羊肉。盛情难却，只好成就这份美意，喝下两壶奶茶，宾主都有了微微醉意。因已有出行约定，饭后便与大家握手告别，直奔山西。

二

三晋大地，历史悠久，文化底蕴深厚，名胜古迹遍布各县市。中午从丰镇市集结出发，才知这次要去的地方是忻州宁武县和五寨县内的芦芽山风景区。据说从隋代开始芦芽山就很有名，只是我近年才有所耳闻，一直没机会游览这处胜景。过大同、朔州，一路奔宁武，沿途或山丘，或平原，满眼都是春天的新绿。下午五点多，我们到达晋西北管涔山麓一个叫东寨的小镇。问当地人"芦芽山"名称的由来，经营宾馆兼开办旅行社的经理介绍说，芦芽山是吕梁山脉中管涔山的主峰，山间有数座尖峭挺拔的山峰，常突兀于云海之上，宛如芦竹嫩芽破土而出，因此而得名。

次日早晨，天气依然晴好。由导游引领，一行大小十几人驱车进入芦芽山景区。顺着盘山路从山谷底往上爬行，沟谷里的小草在暖暖的阳光下舒展，一条山溪淙淙流淌，溪水泛出绿意，溪岸野花星星点点，而谷底林荫间，仍有多处尚未消融的冰坨。越往芦芽山深处走，山里的原始森林、次生林越茂密，绿意越浓。车停半山腰，看整个景区峰峦叠嶂，林海茫茫，眼前有奇峰怪石，脚下是深谷绝涧。明末清初大学者、思想家傅山游芦芽山，写有"禽向岩无句？神山秘不传，芦芽山一到，幽韵与谁言？乱涧鸣春雪，高松绿老天"的诗句，对此胜景极尽赞叹。因时间关系，我们未能登临芦芽山主峰，多少有些遗憾。

万年冰洞、悬崖古栈道和石门悬棺群是来芦芽山景区必游必看的三个景点。宁武冰洞形成于第四季冰川期，距今三百多万年。洞外春草嫩绿，春花初绽，走近洞口，一下子感到冷气袭人。裹了大衣，顺着光溜的冰台阶拾级而下，仔细观赏洞顶及两侧，见冰柱、冰帘、冰笋、冰花、冰葡萄在彩灯的映射下玲珑剔透，形态万千，如梦如幻，台阶下有深不见底的洞坑。冰洞现已开发一百多米，我们仿佛穿越了一座晶莹华丽的宫殿长廊，惊叹大自然竟如此美妙神奇。古栈道、悬棺群在一条大峡谷右侧，几公里长的悬崖绝壁，岩壁断层分明，想象中，这岩壁就是记载远古历史的一页页青铜典籍。石门悬棺群是迄今为止中国北方地区发现的唯一一处壁葬群，时间跨度长，从明朝一直到二十世纪三四十年代都有开凿悬葬的史实。据说古人出于对高山的景仰，把逝者安葬在悬崖上，认为悬崖是能接近"天神"的地方，且不会被世人打扰。这种颇具神秘色彩的丧葬习俗，究竟是不是由来于此，至今仍是个谜。古栈道的修建年代据说可上溯至唐贞观年间。古栈道长二十一公里，一座座悬空古刹由栈道相连相通。走在崎岖蜿蜒、狭窄细长的古栈道上，大家经历了一次奇险的崖壁穿越之旅。停下歇脚的当儿，向峡谷左侧远望近眺，远处山峦青黛，峰岭连绵，近看华北落叶松、云杉及各种灌木密密匝匝，青翠欲滴。

游完几处景点，从谷底步行返回，见不少游客乘坐马车往返。那马车由彩色篷布罩顶，马儿脖子上的铜铃叮当作响，伴着游客的欢声笑语在山谷中回荡。路旁有个小山村，二十几户人家，户户都是篱笆围墙。一个婆婆坐在用树根做成的木凳上，专心挑拣篮子里新挖的野菜，小黄狗伏在婆婆身边摇动尾巴，友好地注视着过往的游人。在这个古朴的小村，一丝微风、一抹阳光、一声鸟鸣以及山民们的一掬微笑，构成了大山里美妙的春景。

宁武县内另一处有名的景点是汾河源。汾河源位于东寨镇西楼子山下，据《山海经》记载，"管涔之山，汾水出焉"。后人认为此地便是汾河源头。汾河源，其实是地下涌出的泉水，泉出口处建有汾源阁，灵泉从石雕龙口喷涌而出，流入阁前池塘，再流入汾河河道。这个池塘被称为"汾源灵沼"。在这里，我们见一池清波在微风中荡漾，池边堤岸杨柳婀娜，再尝一口灵泉，有如甘露般清凉甜润，继而哗啦啦地流过心田。追溯起来，我的祖籍在山西，汾河，也是我的母亲河啊！

三

一天多的春游，女儿和同行另外几家的三个孩子似乎意犹未尽。第三日上午，在我们返回丰镇市的路上，孩子们嚷嚷着想再去一个地方玩儿。丰镇市那位老兄满脸无奈、不容置疑地说："丰镇市没啥可看的景区景点，咱们聚餐吧！"见孩子们噘起小嘴，我赶紧打个圆场，说："满足一下小朋友们这点小小的愿望吧，咱们顺路看看丰镇城边的薛刚山和饮马河。"几位女士拍手赞同。

薛刚山在丰镇市城东一公里处的饮马河畔，高二百米左右，山体不大，外形浑圆，四周平坦，被誉为平野独秀。据传，这里是唐朝大将薛刚出关征西在丰镇驻扎屯兵之地。当地至今流传着"薛刚一箭定阴山，饮马河畔收番邦"的传说。清朝王士祯有诗："峰头古塞旧遗痕，唐将名声今尚存。"可见在古代这里就是一处屯兵设防之重地。沿山体西侧的九十九阶盘山石径向上攀爬，半山坡的山石间，白色的、粉色的山桃花或山杏花开得正艳，散发出阵阵清香。几个孩子最先爬到山顶，挥舞着红色遮阳帽招呼大人快点上山。上得山来，见山顶平坦如砥，正中有古寨遗址，山上建有人民英雄纪念碑，游人并不多，也是三三两两几家子来登山赏春。

薛刚山不愧为丰川大地一处独特而神奇的胜景。俯瞰山下，饮马河水量不丰，但泛着粼粼波光，河岸杨柳吐绿，翻耕、播种的小型拖拉机在田畴里来来往往，也可见两三处边角地块里，农民在使用传统的牛犁播种希望。

忽然听见一阵熟悉的曲调传到耳边，循声望去，只见一个四十多岁的男子坐在山顶一块大石头上吹奏葫芦丝。妻子问："这是什么曲子？咋这么耳熟？"我定神想了想，说："这不是《春光美》吗？在这春天的山巅，这位先生真会应景啊！"随后，十几个人走进山上的眺望亭小憩。

坐在亭子里，我忽然想起《论语·先进·侍坐》记载的一段文字。一天，孔子问学生子路、曾皙、冉有、公西华将来的志向。子路说："我的志向是能给我一个外受侵略忧患、内有粮食危机的大国，只要三年时间，我就能把这个国家治理得国富民丰，人人守信懂礼。"孔子听完神情漠然。冉有说："给我一个小国去治理，也只用三年，可以让老百姓丰衣足食，至于礼乐兴邦的事，我不敢担当。"问公西华，公西华说："我不敢说能干成什么事，我的理想是在礼仪中担当一个小角色，辅助司仪做一点力所能及的事。"曾皙一直专心致志地弹琴，听老师问，他放下琴，不慌不忙地作答："我要在一个万物开化、大地复苏、春风萌动的季节，穿上新春服，邀几位好朋友，带几个孩子，大家一起到沂水沐浴，迎风站在鼓乐台、舞雩台上举行礼仪，然后唱着歌高高兴兴地回家。"孔子感叹道："吾与点也！"我的理想和曾点一样啊！

春天的美好和融入春天的快乐，古人向往之，今人又何尝不是。丢下一切匆忙、烦冗、浮躁，自我、安然、从容地走进春天，亲近大自然，确实是一种难得的享受。

二〇〇八年五月十日于集宁

冬阳下的村庄

人们都说熟地无风景，可就在今天下午，冬阳下家乡的村庄，给了我一次少有的视觉享受。

临近除夕，我回老家接母亲来城里过年。车子行进在察哈尔右翼后旗白音察干镇通往当郎忽洞苏木的小柏油路上，我在慵困中突然发现，深冬季节里，看似荒凉的塞外乡野，却有另一种让我惊叹甚至让我震撼的大美。

无风无云，天空淡蓝，透过车窗玻璃，视野内草地坑洼处的积雪尚未消融，冬阳斜照下来，一束束、一道道金丝细缕，铺洒在枯草连绵的原野。每隔十里八里，就有一个二三十户人家的小村，或平躺在向阳的斜坡下，或静卧于冰冻的小淖尔畔，沐浴着暖暖的阳光。冬阳斜照在屋顶院墙，照在高高低低的草垛上，平时看上去泛白的土房土院和麦秸柴草，宛若罩上橙黄色的轻纱，又像一块块黄玉，色彩柔和、纯净，如梦如幻。偶尔能看见村外有几匹马、几头牛安静自在地吃草，村庄和塞外原野浑然一色，一切都是那样自然和谐，安详恬静。

这不是我最熟悉的家乡小村吗？如此这般美丽，从前我走过路过时，为什么不定睛多看一眼呢？

有一次到北京，我结识了清华大学美术学院的教授、油画家邱新良。他曾多次来乌兰察布市察哈尔右翼后旗、丰镇市的乡村写生，塞外小村庄虽然偏僻，多是土房泥墙，却给了他无限的创作灵感，他与这些地方也结下深深的异乡情缘。在他的工作室我才知道，他多次在国内外展出的油画作品，大多是以塞外村庄为表现对象和创作题材的。他给我介绍他的画作，讲他实地写生时现场瞬间的光色变化，讲他对光色的感觉。他用亦真亦幻的色彩和独特的绘画语言，把我熟悉的塞外村庄定格在画布上。深黄、淡黄、橙色、赭色，在主体色调中，偶尔点缀一丛绿、一点红，让平淡又略带沉闷的村庄一下子鲜亮起来，那色彩的表现竟是那样和谐，那样纯熟、完美。我想，假如今天邱先生能与我同行，正好在这个时刻身临其境，他一定会飞速拿起画笔，激情涂抹这难得一见的冬阳美景。

今天，我真正感受到冬阳下家乡的和谐纯美，可惜我没有邱先生手中的画笔，更没有画家的艺术才华。在路上，我特意让师傅把车子开得慢一些，不想让这视觉享受转瞬即逝，我甚至还用手机拍下几张冬阳下的村庄风景照，想回城后通过电子邮件传给邱先生。

我打开车上的CD机，一边听大提琴曲，一边目不转睛地欣赏车窗外忽闪而过的村景。大提琴舒缓的旋律恬静、柔美、温暖，饱含深情，仿佛也在描绘冬阳斜照下大地的色彩。我沉浸其中，对家乡重重叠叠的记忆再次苏醒。我慢慢咀嚼着家乡村庄的味道，慢慢品读家乡村庄的特质。

家乡的村庄潜沉着一种安静而笃定的力量。这种力量在我必经、必看的村庄里，在我熟稔于心的每一个角落。自我离开家乡三十年来，曾无数次踏上回乡之路，这种力量虽然看不见，但我能感觉到它的巨大，它给我温暖，让我平静。我在疲惫、失落或彷徨时一次次亲近家乡、感受家乡，一次次审视自己，平和心态，它成了我不苟且、不浮躁、不妄求、不放弃，踏踏实实前行的精神依托。

家乡的村庄坚守着一种淳厚质朴的品格。它不戚戚于贫贱，不汲汲于富贵，在这含蓄、柔和的冬阳下，没有半点掩饰、半点张扬。乡亲们平和而满足地过着自己的日子，这是我最熟悉不过的日子，也是我永远怀念的日子。今天，我尽情欣赏冬阳村景，脑海里也浮现出很多温馨的画面。在这静静的下午，老人们也许正在蒸馍馍、压粉条、炸麻花，忙忙碌碌地张罗着春节期间的饭食；新娶回家的媳妇喜色满面，正和盘腿坐在炕头的婆婆唠家常；打工回来的小伙在给他的朋友兄弟们炫耀自己的新款手机；还有稚气的小侄女们，也许正在反复试穿新买的花衣；小侄儿们偷偷摸摸拆散父亲刚买回的三千响鞭炮，一枚一枚数着，捡出一小把，藏匿在庭院的角落。我猜，每家每户的鸡、猪、猫、犬在这一时刻也都在暖暖的冬阳下打盹。我能断定，走进任何一个村庄，走进任何一户暖融融的院里或家里，能看到的，一定是我猜到的景象，这会是一幅多么静谧而和谐的冬日村景图啊！

熟地无风景，多半是因为经常走到看到的地方会让人产生审美疲劳，以至于精神和心境都处于疲惫状态。不能说家乡深冬季节除了荒凉孤寂再无别的景致，换一种心情、换一个角度去感知，结果会迥然不同。任何美的发现与欣赏，都需要有多情的眼和善感的心，大自然的美、父老乡亲平和生活中蕴藏的美，都不例外。

二〇一〇年二月九日于集宁

红崖台地探奇观

　　红崖台地是乌兰察布市四子王旗脑木更苏木的一处景区。二十多年来，我到四子王旗牧区调研时，去脑木更苏木不下十几次，但一直没有机会走近这里看看。恰好市里的朋友、摄影爱好者老刘邀我，说："明后天是双休日，你若有空，咱俩结伴而行，一睹红崖台地奇观。"我说："妥！"

　　红崖台地原称脑木更山，坐落在脑木更苏木所在地东北四十五公里处。脑木更，弓箭的意思，脑木更山因山体似弓而得名。二十世纪七八十年代，涌入脑木更山附近草原搂发菜（俗称搂地毛）的外地乡民，把这处戈壁草原台地断崖称作"大红山"。近些年，不少旅游爱好者长途奔波来这里观光，台地景区的名气渐渐大了起来。

　　五月中旬还是北方的晚春季节，周六清晨，我和老刘准备简单行装，从乌兰察布市集宁区出发，驱车一路向西北奔去。从集宁到四子王旗乌兰花镇有二百一十公里，公路两侧有大片大片刚种下土豆的耕地，泛着新鲜潮湿的气息，田畔和草滩新绿点点，给半个月来未出城的我带来不小的惊喜。将近正午，我俩抵达乌兰花镇，在镇里需要加油、吃饭、补给。我们进了一家小饭馆，一人点了一碗羊杂汤加白面焙子，这是来这个小镇必尝的美食。

汽车驶出乌兰花镇后再向北行驶，半个小时后进入草原腹地。平坦辽阔的荒漠草原刚刚有了些绿意，羊群和零零散散的骆驼多是在啃食上一年的枯草。我想，近年来脑木更一带连年发生春旱，草场返青可能会更差。路程依然很远，先是走通往脑木更苏木的三级公路，再经过苏木所在地走旅游公路前往红崖台地，沿途能看见的牧点牧户越来越少，但路标很醒目。下午四点多，我和老刘终于看见横亘在戈壁草原上这把橙红色的"长弓"。

"大漠神奇千万载，孤山一座对天红。"我们的越野车停在台地前方不远处，见台地从平坦处突兀跌落，形成长长的断崖，大致为东西走向，长十余公里。整个山体并非岩石，而是以沙砾黏土为主的断层结构，沙土土质发红，从山脚下望去状似红山，雄奇壮观。

在平坦的戈壁草原上，这样大规模的断层地貌极为罕见。我们由下而上，自东向西，从不同角度和不同高度全方位观瞻这处胜景。从下往上看，山的特征十分明显，有突兀挺拔的尖峰，有蜿蜒而下的山脊，也有峻峭如削的陡崖断壁；从上往下看，山体各段奇峰怪谷形态各异，有的像跃出海面的巨鲸，有的像庞大的扇贝，有的酷似爬行的大鳄，有的像抢滩的神龟。台地高处，立有一块黑色花岗岩石碑。碑文介绍说：该区域地质地貌被地质学界称为第三系标准地层剖面，已被列为自治区级自然保护区，二〇一四年一月被批准为国家地质公园。石碑另一面，刻有"四子王旗脑木更第三系标准剖面及哺乳动物化石自然保护区"。碑文记载，这里主要保护地层剖面出露或埋藏的古代哺乳动物化石，有瘤齿兽、蒙古兽、棱齿貘、全脊貘、蒙古小雷兽、两栖犀、中柱兽等，保存了古地理环境和古生物演化的诸多信息。

用手机搜索，对脑木更一带有这样的资料记载：一九二八年七月，美国自然历史博物馆组织大规模的中亚考察队来这里考察发掘，考察成果在世界地质学界和古生物学界引起轰动。一九五九年，中苏古生物考察队到此考察发掘，中国科学院古脊椎动物与古人类研究所邓涛、白滨等著名专家学者，也多次到脑木更台地进行考察研究。

台地附近人烟稀少，牧民散居放牧。近年来，这一区域实行畜群结构调整和禁牧措施，草场得到休养生息，特别是景区保护良好，无任何随意开发和人为破坏的痕迹。天气虽然晴好，但除我和老刘外，景区再没有其他游客，只有一位三十几岁的牧民骑摩托带着小女儿到台地上兜风。牧民说，他家就住在附近十公里处，他经常在这一带草场放牧，一直没觉得这里有多么新奇和特别。他告诉我们，这一带倒是有不少狐狸、狼、黄羊和野驴等野生动物，金雕是戈壁草原的霸主，偶尔也会看到珍稀罕见的盘羊。这里还盛产发菜，被称为"发菜之乡"。过去那些年，远近各地的贫困农民涌入这片草原搂发菜，一度对草场造成较大破坏。此外，戈壁草原也有丰富的黄芪、麻黄草、荒漠苁蓉等野生药材。听他这么说，我俩在稀疏的草丛中寻找，果然看见不少能识别的中药材正在吐发新芽。

站在崖头上，我用心品读天与地、草与畜之间奇妙恢宏而又和谐合一的画卷，强烈的视觉冲击持续挑动着我激奋的神经，我两手搭在嘴边，张开嗓子长长地喊了几声，红色峰谷给我阵阵回应。下午五点半之后，山体更加橙红耀眼，老刘手持相机一个劲地"咔嚓"，一定是想多拍下这里的奇观胜景。他满脸兴奋地说，他拍的照片有几张能算得上风光大片，来红崖台地真是不虚此行。我说，我也收获不小，并即兴赋诗一首：苍茫戈壁日偏西，驼影稀稀大漠低。远眺长弓弯十里，延绵峰壑落虹霓。

夕阳慢慢没入戈壁草原的尽头，台地山体渐渐变暗，山下觅食的骆驼抬起头，伸长脖子朝我俩张望，像是要目送客人归去。我们觉得，该在附近找借宿的客店了。

在不足二十户居民的脑木更苏木，唯一一家标有"住宿"字样的平房门上挂着锁头，想必不再营业，我俩只好走进苏木政府求助。在苏木值班的宝副书记热情接待我们，安排我俩住在本周回家轮休干部的宿舍，又让苏木食堂炖了两碗脑木更戈壁羊肉让我们品尝。

宝副书记说，台地景区一年四季都有美景可看。夏秋之际，若雨水丰沛，常常形成季节性小淖尔，牧草长势也好，山顶台地和山下草场上，羊群、驼群悠闲啃食，戈壁草原风光独具特色；冬季里，皑皑白雪与红色山体斑驳相映，煞是奇丽。台地不远处就是"神舟"系列飞船落点，游客来这里观光旅游，一条线路可以看两个景点，旅游开发极具价值。他坦诚地说："虽然现在已修通旅游公路，但来这里游览的人不多，还谈不上发展旅游产业。希望你们多来几次，多拍一些台地景区的照片，多给脑木更和这个景区做做宣传推介。"

我想起不久前内蒙古有关新闻媒体报道的一则消息，二○一六年，内蒙古自治区公布全区首批七十二座知名敖包，脑木更苏木的额尔登敖包榜上有名。我和老刘说："明天早起，我们到敖包看看去！"

二○一六年五月二十七日于集宁

家乡壮美火山群

内蒙古作家黑梅女士给我发微信说她来了乌兰察布，与市旅游部门策划乌兰察布旅游专刊事宜。接待她时，她再次谈起对察哈尔火山群的印象，谈起二○一五年秋季她在乌兰察布市察哈尔右翼后旗火山群遗址采访时的细节。年底，她撰写的《察哈尔火山群：遗落的内蒙古草原火山景观》刊发在《中国国家地理》二○一五年第十二期上，二十个图文并茂的版面，详细介绍了察哈尔火山群的情况，向读者展示了察哈尔火山的魅力。我的家乡就在火山附近，我曾在火山脚下的白音察干镇工作，多次路经火山，多次观瞻火山，任市政府副秘书长期间还分管过旅游工作，却没写过一点有关察哈尔火山的文字，着实惭愧。

我与火山的渊源

察哈尔火山群，指察哈尔右翼后旗乌兰哈达苏木境内一处火山群遗迹，三十余座火山如珠串般分布在草原上，地质学界专家称这一区域为乌兰哈达火山群。乌兰哈达，"乌兰"是红色之意，"哈达"是岩石，因这一区域内有赭红色火山而得名。我的小村距火山十八公里，十几岁时，每年冬天父亲都赶着牛车领我到乌兰哈达火车站拉烤火煤，蜗牛般的勒勒车经过火山脚下，要在布满火山渣屑和残雪的土路上颠簸两三个小时。那时，父亲用鞭杆指着一座庞大雄奇、披着皑皑白雪的火山锥，说："你看，这就是太上老君的炼丹炉。"在我的记忆中，当地百姓常把形态完整的三座火山锥形象地称为"炼丹炉"。

乌兰哈达是当时集二铁路上的一个小站，是我走出家乡搭乘火车最近的一个站点，从火山锥再往南十几公里，就是察哈尔右翼后旗政府所在地白音察干镇。一九八四年，我在白音察干镇读高中，校区紧挨着一个叫白音淖尔的湖，向北望，可以清晰地看到两座形似富士山的火山和一座尖锥形火山。后来才知道，火山地质学家已研究断定，白音淖尔并不是普通的草原湖泊，而是火山喷发时熔岩流经此处形成的高原堰塞湖。可以想象，那时地下岩浆喷涌而出，火红的熔岩在周边十多公里的地域淌流。直至现在，这里仍有赭红或黑褐色的火山浮石和碎渣，地面上随处可见形似石河、石浪、石湖的熔岩流遗迹和石禽、石兽等景观，一直延伸到白音淖尔一带。这一区域被当地人称为"石垅子"。208国道和G55高速公路未修通之前，这段路布满火山石渣，下乡行车极为颠簸。

火山脚下的一条沟内，有一株老榆树，树龄有一千二百多年，被专家称为蒙古高原的"树王"，它与火山一样有着神秘的传奇故事，吸引了远近各地游客前来观瞻。

去年腊月初，山西大同市两位摄影家朋友来乌兰察布采风，拍摄题材选定为冬雪火山，我为他俩做向导并跟着现场学习。其实，大同市大同县境内也有一处火山群。他们说，大同那几座火山形态不及察哈尔火山，所以慕名而来。那天下午，室外气温低到零下二十五度左右，风又大，大半个天空冬云翻滚。到了火山附近，他们选角度拍摄，还不到二十分钟，双手就被冻僵，连相机都拿不稳。摄友说，好不容易来了，再等等吧，越是恶劣天气，越可能拍出意想不到的作品。于是，三人一直坐在车里等着风停云散。老天倒是真眷顾有耐心愿吃苦的摄影人，快到日落时，风渐渐变小，火山顶头一堆黑云慢慢变红，直至赤红如火，极像火山口喷发出来的云焰。三人一下子兴奋起来，快速拍下这难得一见的冬雪彤云火山奇景。天已黑下来，在遍布石棱和沟渠的雪地行车十分困难，我怕车子陷进被积雪掩盖的沟渠里，提议在山下找家牧户借宿，他俩只好听我安排。

"炼丹炉"山脚西北隅，有三户牧民家亮了灯。敲开一家门，男女主人听见我们借宿显得十分为难，勉强同意烧热一间闲着的正屋让我们住。男主人叫布和，四十五六岁，一看我们是摄影人便热情招呼起来。我见他家墙壁上挂了三幅火山国画作品，一问，居然是布和自己的画作。原来，布和毕业于技校工艺美术专业，学过三年美术，后来没在专业上发展，而是回村以养畜为生。他在拿牧羊鞭的闲暇，不时地拿起画笔，坐在草地上以火山为题材写生。他的画作用墨稍淡，虽达不到较高的专业水准，但与摄影作品相比，火山形态质朴、生动，更具张力和渲染力，更能体现他对火山的炽热情感。艺术无界，当晚，他煮了一盆手把羊肉，摄友从车上提进两瓶好酒，火山脚下，一个小火炉，一盘热炕头，我们聊火山，聊草原，直到深夜……

地球遗赠的"厚礼"

察哈尔火山过去一直是一方清静之地，至少在二十世纪末还没有进行旅游开发，国内外来观光的客人虽然少，但这处地质遗迹早已被地质学界所关注。

二十世纪三十年代，法国著名地质学家、古生物学家、考古学家桑志华在这里做过专门调查，后经我国著名科学家、地质学家尹赞勋教授介绍，这处火山群始为国内地质学界所重视。一九五七年和一九六四年，河北师范大学地理系许辑五、肖乾泰两次前往乌兰哈达，对火山做了较为详细的考察，并于一九七九年发表《内蒙古乌兰哈达的第四纪火山》，提供给国内火山研究者。

近十年来，中国地质大学（北京）地球科学与资源学院教授、著名火山地质专家白志达，多次带团队前来乌兰哈达对火山进行深入考察，发表了《内蒙古察哈尔右翼后旗乌兰哈达第四纪火山群》等多篇学术论文。论文结论如下：

> 乌兰哈达火山群，是蒙古高原南缘目前发现的唯一全新世有过
> 喷发的火山群，是一处天然火山"博物馆"，是研究蒙古高原南缘
> 现代地壳深部结构及其活动性的天然"窗口"。

白志达教授及其团队在乌兰哈达考察时，惊叹这里是"举世罕见的火山群奇观"。他们认为，这处火山群中全新世的几座火山仍为活火山，在距今三万年到一万年前，有过两次较大规模的火山活动，这在国内火山家族中具有典型性和稀有性，有极高的科学研究、地质学教育及旅游观光价值。三座"炼丹炉"中的中"炼丹炉"，是典型的截顶圆锥体火山（上部是完整的锅

状火山口）形态，坡度二十度，顶部锅口直径一百九十米，深二十六米，是保存至今较为完好的一座。游客徒步攀爬，虽然费力，但能登上顶部，还能下到锅底中心，零距离感受神奇的火山。

永远再难抹平的"伤疤"

黑梅到火山群遗址采访，目睹了火山的雄奇壮观，也留下了深深的遗憾，直至今天，她还因看到有的火山锥体被掏挖而感到可惜。白志达教授在论文中提到，个别火山"已遭受一定的剥蚀"，也是指北"炼丹炉"的局部、南"炼丹炉"的大部锥体外围及其他两三座形体较小的火山锥，因开发利用火山灰渣（也称浮石）资源而被人为挖掘。

开发挖掘始于二十世纪七十年代后期，察哈尔右翼后旗建有国营浮石厂，专门开挖及出售原矿。因火山灰渣具有轻质、保温、隔音、绿色环保、资源丰富、价格低廉等特点，在八十至九十年代，建材学界极力推崇这种天然骨料，在建材领域开始推广应用。仅察哈尔右翼后旗就有数十家企业和个体户生产外墙板、楼板、屋面板、小型空心砌块及水泥混合材料，更有大量原矿经汽车、火车运往外地，用于生产保温层、隔热层、耐热混凝土、隔音保温材料等。此外，在光学玻璃磨料、塑料抛光、橡胶填料、石油化工、日用化工领域也有广泛应用。一时间，火山灰渣成为抢手货，乌兰哈达的火山灰渣资源被开采挖掘，尘土飞扬，马达喧嚣，"炼丹炉"被撕开了豁口。

一九九二年，乌兰察布盟委提出"少吃一斤肉，多修一条路"的倡议，决定扣除财政供养人员三年的肉补，将其用于城镇道路建设。察哈尔右翼后旗就地取材，开采拉运大量火山石渣用作土牧尔台镇和乌兰哈达苏木所在地柏油马路的垫层。当时我在旗委办公室工作，随旗委书记到这两个乡镇包乡蹲点，正经历了这一过程。二〇〇八年之后，旗委、旗政府着眼于有效保护和科学合理开发利用这一独特资源，令各类企业和个人停止在火山群区域内采挖，开始对火山地质遗迹制订保护规划，提出打造火山地貌景观、地质科普以及与察哈尔风情相结合的火山草原体验度假区的思路，还申请将火山群遗迹列为自治区级火山地质遗迹保护区，同时，积极向国家申报设立察哈尔火山国家地质公园。

二〇一四年，察哈尔右翼后旗政府通过招商引资，察哈尔火山地质公园一期开始建设，当年就有以京津地区为主的八万多游客到此旅游观光。后来，我抽工作闲暇四次到乌兰哈达拍摄火山风光片，《察哈尔四季火山》组照曾获市摄影年会一等奖，并在有关摄影杂志刊发。这是我宣传家乡火山的一点小举动，微不足道。

独特的火山文化名片

草原火山不仅是一处地质遗迹，同时蕴含着深厚的地域文化。近几年，察哈尔右翼后旗打造"美丽察哈尔，草原火山情"文化品牌，在自治区乃至全国的知名度越来越高。乌兰哈达一带，原生态草原和农业种植区或毗邻，或交错存在，独特的地理地质特征与当地政治、经济、文化及生产生活方式密切相关。这里是"察哈尔婚礼"这一列入"非遗"目录、具有浓郁民族风情的风俗的发源地。二〇一〇年，察哈尔右翼后旗乌兰牧骑编排的民俗歌舞剧《察哈尔婚礼》在自治区第五届乌兰牧骑艺术节上荣获金奖；二〇一二年，获得自治区"五个一工程"奖。这里是"后旗红"牌马铃薯产区，该品牌享誉大江南北乃至东南亚地区，于二〇一五年获得第十六届中国绿色食品博览会金奖。在乌兰哈达火山脚下，每年都举办草原那达慕大会、察哈尔服饰展示等活动，每到这些传统活动日，牧民与游客云集，已经形成当地一个新的旅游特色。

察哈尔火山下人才辈出。这里是我国著名舞蹈表演艺术家莫德格玛的故乡，中央民族大学作曲系主任、教授斯仁那达米德，美国加州生物基因研究所所长高贵都是乌兰哈达人。且不说政界、工商界成功人士，单说在国内外有重要学术成就，在文化艺术、医疗卫生领域，在科研院所、大学院校等机构，有正高级职称以上的知名专家、教授、院系领导及艺术家等，就有二十余人。从火山草原走出来的牧民歌手铁文太，一曲《月光里的察哈尔》唱出了察哈尔右翼后旗各族人民对家乡的热爱和对幸福生活的无限憧憬。

察哈尔的月亮，多么吉祥，照着那一排排白色的毡房，悠扬的笛声，吹亮了星光，听醉了草原上的牛和羊。

察哈尔的月亮，多么安详，照着那一座座古老的火山。天鹅湖进入甜蜜梦乡，敖包山像母亲守护在身旁。

在这篇文章快要收尾时，我正好在微信朋友圈看到一则信息，从二〇一三年始，由内蒙古自治区第三地质矿产勘查开发院承担实施的察哈尔右翼后旗火山温泉勘查项目，于二〇一六年成功钻探出火山温泉，井深两千零八米，稳定出水温度达到二十九摄氏度，每小时出水量四十多吨，水中含丰富的矿物质和微量元素，水量、水温以及水质都有很高的开发价值。

旗相关负责人表示，将充分利用火山草原地质遗迹这一稀有资源，将草原火山休闲体验度假与地热温泉养生、火山泥浴等项目相结合，打造高端温泉休闲旅游品牌。我想，这对察哈尔右翼后旗和向往草原火山的国内外游客而言，不啻又是一个好消息。

二〇一六年十一月三十日于集宁

集宁的绿

　　仿佛是油画家无意间泼洒了一桶绿色颜料，仿佛是天上悄然掉落了一块碧绿的翡翠，北方一座叫集宁的小城魔术般地绿了，绿得让人恍如隔世，绿得让人目瞪口呆，绿得让人回不过神来。

　　这里曾是草原丝绸之路、万里茶道上的重要驿站和商贸古城。然而，荣盛一个多世纪的元代集宁路，早已被岁月的风尘和远去的驼铃声湮没。这是一座抗战胜利后发生过三次战役、在解放战争史册上留下光辉一页的英雄城市。如今，硝烟散尽，碉堡犹在，在老虎山顶的人民英雄纪念碑下，多年来也只有区区百株青松陪伴壮士的英魂。集宁是乌兰察布市政府所在地，与周边其他市属旗县一样，承担着建设北方绿色生态屏障、打造祖国北疆亮丽风景线的光荣使命。但这里纬度高、积温低、降雨少、风沙大，特别是集宁地下，几乎全是坚硬的玄武岩层，石厚土薄，植树成活率低。有人形象地说，在集宁栽活一棵树，不亚于一个婴儿的出生和长大。绿树成荫，是多少代集宁人想都不敢想的梦。

如果说每座城市都有自己的颜色，那么集宁选择了绿。二〇一一年，乌兰察布市提出创建国家园林城市的目标，壮歌筑梦，自此启程。这一年的植树节，有如一声进军号长长吹响，林业、园林、水保三支队伍与专业绿化公司、市区机关干部及驻地部队，在集宁大大小小的绿化工地集结，在玄武岩裸脊上凿石填沟，覆土植绿，在方圆六十平方公里的战线上，铁臂钢锹舞荒岭，千军万马战犹酣。人们欣喜地看见，绿色蓬勃涌起，绿色渐次延伸，绿色相连成景，绿色覆满山城。短短五六年，集宁人的绿色"痴"梦变成了现实，城区绿化覆盖率达到百分之三十九点七。二〇一六年一月，乌兰察布市荣膺"国家园林城市"荣誉称号。饱经沧桑的集宁已是满城葱茏，满街绿荫，满园芬芳，宛若阆苑仙境。

集宁的绿在跌宕起伏的"三山"上浮动。集宁素有"山城"之称，老虎山脊首峥峥雄踞城中，卧龙山鳞石叠叠侧卧于西，白泉山盘亘于旧区新城之间，龙虎饮泉，"三山"联袂。人们不知道是什么样的神工妙力，让二十多平方公里的"三山"眨眼间由荒丘秃岭变成一个硕大的"绿肺"。"三山"的绿，绿在人们眼里，绿在人们心中，登高俯瞰是满眼的绿，伸臂相拥是满怀的绿。"三山"的绿，绿出了节奏，绿出了层次。春有清新勃发的绿；夏有秀腴葱茏的绿；秋天，万绿丛中浮现一簇簇、一片片金黄或火红，是飘动斑斓色彩的绿；冬天，松柏傲霜斗雪，又是一种深沉内敛的绿。

集宁的绿，在清澈蜿蜒的"两河"边舒展。乍听起来，"霸王河""泉玉林河"似乎霸气、秀雅，但治理之前，其实是城北城东几近干涸断流的两条河沟。多年来，河沟两侧和河沟内成为集宁采石挖沙、排放污水、倾倒垃圾的乱石沟、臭水沟、垃圾带。三年多的时间，工程队清理河沟，闸坝蓄水，打造一条二十二公里长、一公里宽的临水绿色飘带，让"两河"完成了华丽的蜕变，上、中、下游三段形成一个溪流、湖泊、湿地相连相通的生态系统，形成各具特色的田园景观、城市景观和自然生态景观。今天的霸王河重现粼粼波光，东西两岸六十多种常绿树、落叶乔木及灌木竞相争荣。水依林静静淌流，林映水影影绰绰，市民、游客或在林荫步道漫步赏景，或在滨河小路驾车徜徉，看杨柳舒枝、花掩娇容，听百鸟低吟，每每会陶醉在这清新幽静的绿色画廊中。

集宁的绿，在宽阔纵横的柏油马路延伸。城中织绿网，覆盖新旧城区，城外镶绿环，环扣飞机场、高铁站和城郊高速路，一条街有不同于另一条街的风景，九十多条干道各有特色，各成景观。新疆杨、河北杨或白蜡树整齐分列主干道两侧，国槐、旱柳在次干道或小街巷舒展身姿。街道中的间隔带，有油松、榆叶梅、丁香点缀，又有景天、鸢尾、萱草等植物铺成绿色地毯。晨光暮色里，高高低低的绿就像高高低低的风，在大街小巷舒缓地流动，建筑与绿色完美交融，人与自然和谐共生，让所有热爱这座城市的人刷新着想象，留住了乡愁。

集宁的绿，在人们休闲漫步的街角和小区里镶嵌。过去，人们只知道集宁有一个虎山公园，另有一处人民公园隐在旮旯里鲜为人知，还被附近新建的居民楼挤得近无立足之地。智慧而辛勤的园林人精巧布局，规划新绿地、改造弃置地、利用边角地，不惜腾出"金贵之地"植绿建园，硬是建成四十多处各类公园、绿地，超过十万平方米的综合公园就有九个，人均公园绿地面积达到二十九平方米，高出国家园林城市人均标准。如今，三百米见绿，五百米临园，绿地俯拾皆是，"绿园"遍布全城，居民住宅小区绿意浓浓，凉亭廊架置于其中，"城市，让生活更美好"的愿景变成了可感可触的现实。

集宁的绿低调不奢华，这里没有引种或移植娇气名贵的树木，所有乔

木、灌木都来自本乡本土；集宁的绿亲和不倨傲，开窗迎绿色，出门赏园林，郁郁葱葱的树木给人们奉献了满城林荫，不仅如此，绿还涵养了水源，让这里形成了温润多雨的气候；集宁的绿执着不卑怯，在贫瘠的荒丘上，在坚硬的石缝中，绿色生命顽强扎根，耐寒耐旱，沉稳向上，恪尽职守，绿得有勇气，绿得很自信。其实，集宁的植绿造绿人辛勤耕耘播撒绿色，默默守护来之不易的绿，同样具有这种可贵的品格。在微信朋友圈里，他们的领头人把"生态和谐""绿痴""虎山松"等词作为自己的昵称，彰显一种执着追求，一种顽强力量，这是集宁的品格，集宁的精神，亦是乌兰察布的品格，乌兰察布的精神！

二〇一七年九月二十日于集宁

苏木山，为你放歌

　　盛夏七月，乌兰察布市离退休党支部书记培训班在兴和县苏木山林场党员教育培训中心举办，培训的主题是"不忘初心，牢记使命，弘扬苏木山艰苦奋斗精神"。作为市委老干部局负责人，我在开班仪式上作了动员讲话，培训班特别邀请八十一岁的苏木山林场原场长、"塞上愚公"董鸿儒讲授第一课。他为大家讲述了林场第一代建设者筚路蓝缕、以启山林的创业历程。两天的时间，一幅艰苦奋斗、无私奉献、绿色发展的历史画卷缓缓铺陈开来。

　　培训班最后半天，参训的五十多位离退休老党员现场参观六十多年来苏木山的生态建设成就，一同目睹荒山变绿海的人间奇迹。时隔三年，我再次登上苏木山顶峰，远眺近观这片绿色林海，心潮起伏，感慨万端。我深情吟诵三年前我参观苏木山后写下的一首诗：

绿色的情愫

从群山中浮起

苏木山是一枚翡翠

葱郁碧绿的色彩

把我的心儿醉了

听溪水潺潺浅唱

百鸟婉转低吟

苏木山是一把硕大竖琴

美妙悦耳的歌声

把我的心儿醉了

苏木山啊

峰峦叠翠松涛新韵

你是一个年少的小伙

俊逸英武的神姿

把我的心儿醉了

　　我所吟诵的苏木山，位于内蒙古自治区乌兰察布市兴和县东南，地处晋冀蒙三省（自治区）交界处，东西长约四十公里，南北宽约十五公里，平均海拔两千米以上。六十多年前，这里植被稀疏，岩石裸露，春天黄沙漫漫，夏秋烈日炎炎，雨季里顺沟流下的洪水不时裹挟着泥沙冲毁农田。以先后任林场场长的赵守礼、董鸿儒，以及第一代林业技术员池跃龙为代表的拓荒者，翻山越岭走进苏木山陡峭荒芜的群山沟壑中，在极其艰苦的条件下植树造林。他们凭镐头、铁锹整地挖坑，扛苗背水上山，在三十二点六万亩的荒山秃岭爬上爬下，终于建成华北地区最大的人工林场。经过三代造林人的接续奋斗，苏木山的森林覆盖率目前已达到百分之七十四点八，有林面积达到十八点六万亩，在涵养水源、防风固沙、保持水土、拱卫首都生态安全以及林副产品开发利用、观光旅游、休闲度假等方面，体现出巨大的生态和经济价值，苏木山已成为一座福泽当代、荫及后人的绿色宝藏。

我第一次上苏木山、第一次见到董鸿儒是在一九九六年八月，那时我在乌兰察布盟行政公署办公室当秘书。时任自治区政府主席乌力吉来乌兰察布盟兴和县并到苏木山视察调研，我随当时的盟长一同前往。记得乌力吉主席在苏木山林间边走边了解林场情况，听完林场场长董鸿儒汇报，他讲了两个"没想到"："没想到苏木山人工林场造林规模这么令人震撼，没想到内蒙古有如此生动的绿化荒山、植树造林范例。"他还问董鸿儒："你来苏木山林场之前在哪里工作？"董鸿儒回答："我的工作简历就一行字，参加工作就来了林场，四十年了，现在还在林场，三几年后也就退在林场了。"乌力吉主席感叹地说："老董真是不容易啊！"

当时，我没机会探究董老这四十多年究竟有哪些"不容易"，后来才知道，董老二十岁进山之后，经受过常人难以想象的寂寞和饥寒，付出了经年累月的劳作，一步一个脚印，踏出了一条白手起家、创业建场的艰辛之路。苏木山林场所在地山大沟深、交通不便，条件极其艰苦。那些年，曾经有人劝他申请调回公社或县城工作，他说："我是一名共产党员，林业局既然派我来，我就不能退缩，不干出个样子来，对不起组织的信任。"董鸿儒结婚后，一年回不了县城几天，钻进山里，一走就是两三个月。他痛失出生不久就因病死去的第一个孩子，当时他正在林场的岗位上。后来，为了全身心投入工作，他干脆把家搬进苏木山。随后几年，他的第二个、第三个孩子又因急病没得到及时救治而先后夭折在林场四面漏风的土屋里。董鸿儒把孩子埋在他亲手种植的小树下。为了心中的绿色信念，他把汗水洒在了苏木山，把人生交给了苏木山。他爱林如爱子女，爱山胜过爱家，长达四十二年的时间里，他带领一群"绿林好汉"摸爬滚打，终于，草浅石裸的山坡沟谷，渐次绿出了他的心愿。

在培训班现场教学那天下午，董鸿儒随大家一起健步登上苏木山。站在苏木山最高峰黄石崖上，董鸿儒目光炯炯，远眺群山。那时那刻，林海万顷，晚霞通红，苏木山上挺拔的落叶松，婷婷的白桦林，在一阵清风中飒飒作响。董鸿儒俨然一位沙场点兵的将军，看得出来，他是那样的欣慰和自豪。在壁立千仞的黄石崖顶峰，学员们与董鸿儒留下一张合影。大家知道，黄石崖上的那块巨石，就是为像董鸿儒一样的拓荒英雄们树起的没有文字的丰碑！

董鸿儒曾经获得全国劳动模范、全国五一劳动奖章等荣誉称号，他不忘初心，四十二年的林场生涯，对苏木山的深厚感情早已融入他的血液。退休后，董鸿儒仍坚持不懈地学政治理论，学造林护林新知识，每年听林场情况汇报，上山看树木生长情况，也对林场提意见和建议。他还经常给县直单位做宣讲，教育年轻一代弘扬艰苦创业、科学务实、无私奉献、绿色传承的精神。二〇一九年，经乌兰察布市委老干部局推荐上报，董鸿儒被评选为全国离退休干部先进个人。今年三月，我去看望他，把中共中央组织部颁发的荣誉证书送到他手中。青山在，人未老，其实，苏木山的苍松翠柏，就是对老人毕生奉献的最好褒奖。

离开苏木山培训中心前，兴和县委一位负责同志说，县委宣传部、县文联正在编撰一套新时代文明实践系列丛书，作为庆祝中国共产党建党一百周年献礼书目，其中有一本《拓荒英雄谱》是以董鸿儒老同志的回忆录为基础撰写的，想请我写序言。我觉得兴和县出版这本书恰逢其时，不仅是真实记录苏木山造林人艰苦创业历程的珍贵文献，也一定是一部不忘初心、牢记使命、激励当代、启迪后人的励志之作，对于深入践行绿水青山就是金山银山的生态文明理念具有积极意义。我虽然知道自己文笔平平，但经这位同志一再相求，还是应允下来。

二〇二〇年七月十八日于集宁

第二辑 望美人兮天一方

● 我曾面朝朔漠寒风，独自伫立在一个低低的土丘上，一任冰霜雪粒包裹我清瘦的身躯。我微张冰凉的唇，无限怅然地唱一首《心的祈祷》。

我曾泪眼迷蒙，长跪在瘠薄而又令我留恋的土地上。我痴痴地祈求上苍，祈求一场透雨洗涤尘埃，给我一方洁净的大地和澄澈的天空。

我曾在沉郁时举杯邀明月，企图自抚灵魂之创痛。当酒精和生命的热血相合相融时，我没有飘然欲仙的感觉，眼前更多的是迷乱的幻影。微醉微醒中，我跟着古人吟唱："桂棹兮兰桨，击空明兮溯流光，渺渺兮予怀，望美人兮天一方。"

● 晕船这一夜，我泛不起一点写诗的冲动，正想回舱里时，脑子里竟闪出几句：予立凄冷风中/渴望是最真实的情绪/我把心音托付大海/舱门是一封信/开启的瞬间/期待已发送远方。

● 夜半，雪还在轻轻地飘，铺满了这个寒冷的冬夜。雪花是春天的使者，有一场如期而至的雪见证小寒，有腊八节为丁酉新年添味，这冷夜似乎也飘溢着丝丝缕缕的温情。小大寒一过，又是一年春将至，要知道三九天的寒冷毕竟是短暂的，用不了多少天，冰封的大地会渐渐苏醒。七九河开，八九雁来，盼着，走着，春天的花就开了！

夏夜听歌

　　从江浙考察回来已有半个多月，不知不觉中，北方也进入真正意义上的盛夏。江南的夏花或许已凋落，江南梅子黄熟的时节也已过去，半个月来，我的脑海里还清晰地浮动着江南水乡夏夜的桨声灯影。虽说我仍然留恋梅雨霏微的江南，留恋水墨青黛的江南，但不曾料想，夜幕降临后，自己久居的小镇也不是没有一个消夏去处的。

　　每到傍晚，挨了一天暑热的人们从家走出来，三三两两，轻松地款步街头，借着这凉爽的夏夜清除一天的闷热。夏夜无风无尘，灯光场两侧的草坪随着夜幕落下渐渐变得幽深，蛙声从镇子东头那个淖尔的方向传过来，与花草丛中的虫鸣声协奏出盛夏时节最自然、最和谐的小夜曲。夜空幽蓝幽蓝，星星不待我细数，倏然间闪出成千上万颗，它们尽自己的力量，悄无声息地散发着点点滴滴的光芒。马路边的一排路灯不是十分明亮，街面上的饭馆、小卖店橱窗忽闪着红红绿绿的灯光，给小镇的夜增添了别样的色彩。

我独自坐在街面一侧的行道树下，坐在一方温热的石阶上，吸一口凉爽的空气，已是满心惬意，再听听对面传来的歌声，竟在这司空见惯的小镇里感受到一种特别的情调。

每逢静夜独坐，记忆常常光顾。这个时候，总是奢望昨天的日子能回来，总想重温一遍过去做过的梦。从家乡小镇寒窗苦读到走进大城市的校园接续学业，从入职行政机关敬业工作到娶妻生女，从志存高远到直面锅碗瓢盆，我梦里有过筑梦青春的神往，有过背负希冀的启行，有过澎湃激荡青春的展示，也有过几次驶入旋涡的窘迫，有过收获，也有过失落。这些日子，或是遗落在我梦境中的一丝微笑，或是一丝隐隐的掣痛，虽然一闪而过，但我还是想用心静静地回味。今晚，凝望夜空，追寻昨日时光，接续梦的连载，我没有特别兴奋，也没有过多伤感。此时此刻，几年来很少翻阅的欢乐与痛楚，随着这夏夜的歌声在心中渐渐融化，化入深邃无边的夜空。

"哦，路过的人我早已忘记，经过的事已随风而去。驿动的心，已渐渐平息……"

我静静地坐，默默地听，听得出神，听得如痴如醉。这歌声是轻轻拂来的夜风，托起我的心在浩渺夜空悠悠忽忽地飘荡。

忽然，我想问问自己，我的心也曾有过"驿动"吗？如今，是否也已渐渐平息？我回答不上来。我想了想，词典里好像没有"驿动"这个词，我理解，驿动的心，更多的是表示一个人不惜奔波、接续不断的愿望，是稍作停歇、换马即走的紧迫心情，是从孤寂中觉醒后一种强烈的不安和渴望。去年年底，比我早毕业几年、在二连浩特市一个行政单位工作的老乡大哥辞职了。他邀我一起南下"闯海"，我是动过心的。《东方风来满眼春》那篇长篇通讯，我读了整整五遍。心动而未行动，或许是胆识不足，或许是瞻前顾后，或许是想安时处顺，现在我已经决定不再走了，我不知道在正值逐梦未来能闯能拼的最好年华，是否会因自己迟疑不决而留下一生的遗憾。

虽然我没有走出去，但我终究不能停下来，一个年轻人，总应该知道自己为什么而活着。二十八岁的我，自从懂得男儿当自强的道理，自从暗下决心要靠不懈努力做一个有作为的人，一直不敢虚度每一天。几年来，我发挥了一个年轻生命所能发挥的全部热情，即便尝到追求之苦，也还存着事功未成可成的企望；我一直执着地雕琢自己，虽说还没体验过淋漓尽致的畅快，但我知道退而结网也是力量的蓄积；我习惯于自己精神家园的清冷寂寥，内心又难得有一刻平静。其实，我还是有一颗驿动的心，接下来，我走出的每一步、每一个脚印都会印证，我是不会停下来的。

我想，生活本来就像浩瀚无边的大海，我仍然可以成为一个出海弄潮儿。尽管在汹涌波涛中搏击很累，但是只要东方出现一抹灿烂霞光，诱人的鱼汛仍会使我振奋。那时，我会一如既往地整装出发，怀着满载而归的期望去迎接新的一天。

消夏的人们渐渐散去，隐没在小镇的各条街巷和各个院落里。夜深了，歌停了，今夜的我，却为这歌声动情良久。

一九九三年八月二十六日于察哈尔右翼后旗

七夕感怀

岁岁七夕，今又七夕。

记得往年的七夕差不多都会下雨，今年却没下。白天天气是难得的晴好，快到傍晚，西边先有几片纤薄的云，很快，云就变浓变厚向西南西北扩散开来。远望小城的天际线，灰色的云镶了一抹暗红的边。大楼里，我那间窄小的办公室兼宿舍，渐渐浸在一片幽暗之中。

在机关食堂吃过晚饭，同住大楼宿舍的饭友老董约我到街心公园散步。我问老董："今天咋不回县里和老伴相会？"他自嘲："在部队二十七八年，总是散多聚少，现在老啦，哪还有那么多的浪漫。"

老董不思浪漫，我知道，近而立之年的我，也不再是向往浪漫的年龄了。

七夕夜，和爽的风中掺进一丝沁凉，毕竟是立秋后的第五天了。进公园消暑纳凉的人已很多，一个街角的烧烤摊，烤串炭烟挟带着焦肉的香味飘散而来，那里似乎早就围着一群年轻的食客。长椅上，石桌边，有大爷大妈静坐，也有小情侣窃窃私语，可我发现，虽然今天是七夕，但小城的一切还是和往常一样，没见添多少浪漫的情调。相信牛郎织女的神话传说人人都知道，或许人们对儿女情长、对结爱守爱的表达还是含蓄的、内敛的。

回到宿舍，我下意识地望望窗外，见夜色低垂，城市里的灯稀稀落落地亮着。我试图在浩渺的银河中寻找今夜的鹊桥，更想看见牵牛星和织女星，想看他们此刻是不是特别明亮，是不是正在隔河对望。

我疑心自己还是盼着月亮出来，有好几个夜了，看不见月亮。我不止一次痴痴地等着月亮升上天，看月亮雅雅地、朗朗地挂在静谧的夜空，等待银色月光倾泻在我的窗前。今晚，我依旧看不见月亮。月亮，你困了，倦了，躲回闺房入梦了？

默默中，忽然又有怀旧的情绪拨动心弦。拉开抽屉，我翻出一沓留存了七八年的信笺，黄褐色的牛皮纸信封大小不一，寄信人的字迹既熟悉又略带陌生。那信笺仍然泛着淡淡的纸香，我依稀记得里面有几段吟咏明月的诗行，那是我在溶溶月色下读过的诗行：

> 如果，你在我的身旁
> 我们静听黄昏细雨
> 窗外的丁香花
> 正在悄悄开放
> 淡雅，芬芳
>
> 如果，我在你的小城

我们坐在温暖石阶上

望天上月儿

等楼宇间斟满

五彩斑斓的晨光

刹那间，我心里泛起一丝莫名的惆怅。

银河、鹊桥、牛郎、织女，只是一个令人伤怀的神话故事，但人们向来借月亮来寄托美好纯洁的爱情。三四年前，常听刘欢的一首《弯弯的月亮》，听着听着，就会沉醉在一轮明月的画意里。有时，一闭眼、一回头，就会有一丝芳馨的微笑出现在面前，我把它珍藏心底。那时，我似乎也享受着爱与被爱的幸福，似乎也因爱而温暖过、感动过，我也相信爱是美好的。

情由相知相悦而生，但也会在世俗或现实的束缚中，在自己不经意的怠慢中，在老天爷善意或恶作剧的玩笑中聚散离别。自古以来，人们都以不同的经历，在所得所失中感受和探询情为何物。如我自己，生在穷乡僻壤，又有幸走进城市文明，夹在两扇搬不走、挪不动的磨盘里，知道该珍惜什么，不该奢求什么。因此，我在学业上不停向前，在情感上屡屡退后，对一份朦胧的或是迎面而来的情感，总是有些漠然或疏懒。正因如此，与我年龄相仿的异性对我既没有过分的讨厌，也没有特别的喜欢，我几乎是蜗居在自己的精神世界里，像一杯无味的白开水，放弃了潇洒、热烈，放弃了激情、幻想，放弃了本来该有的浪漫。也许，我是理性的，心仪中的爱，得之，我幸；失之，我也不怨命。我觉得，爱情不是轻佻虚伪的盟誓，而是相互间的承诺和责任。换一个禅意的理解，爱情也要靠缘分，缘的深浅，份的宽厚，也许早有计划、早有安排。剧院里你的位置，是买上票进来前就安排好的，如果非要坐在不属于你的座位，别人就会来撵，不管你愿不愿意，还得乖乖掏出票看一看，再回到自己的座位上。

　　在那短暂的日子里，那轮明月下，所有朦朦胧胧的故事渐渐远去，变得更加迷离。过去是再也回不去的过去，该到来的都已经到来。我的眼前是一条正在走向彼岸的路，我的梦境里再没有丁香花瓣开满枝头，时过境迁，没必要再时时回味。生命的每一天，不是下雨了，就是天晴了，下雨一定打上伞，天晴别忘遮阳帽，这才是自己真正应该面对的现实生活。

　　于是，我暗暗笑自己，人家老董早就关灯睡了，我竟然在这清凉如水的夜"坐看牵牛织女星"，竟然在七夕生发出这么多的人生感慨。

　　不知今夜等不等得到月亮升上来，我不再望着等着了。让那一轮明月的梦，在此刻变成至真至纯的祝愿吧！祝自己，也祝所有抬头望月的有情人。

　　　　　　　　　　　　　　　　　　一九九四年八月十三日于集宁

冬日琐记

今年冬天暖和得不可思议。由于户外锻炼渐少，老感觉身子慵困无力。一个多月来，我们一家三口先后被流感袭扰，口干舌燥嗓子疼，早就盼着下一场纷纷扬扬的大雪，压一压满街满巷漂泊流散的病菌，可这雪始终没有下。

老天爷究竟怎么了？该下雨的时节不下雨，该冰天雪地时却又温暖如春。在二十世纪五六十年代出生的同事们都说，小时候经历过的冬天才叫真正的冬天，不仅天气寒冷，雪也是一场接一场地下，积雪往往能没过膝盖，在阴山北麓生活的人们要是没有一件大皮袄，怕是挨不过那极寒天气的。

这异乎寻常的暖冬，除了给人带来许多不适应外，还可能因为长期不下雪，导致来年春夏的雨水减少，躲不了又是一个干旱年。有一天，我看了一个电视专题，说是气候变暖是二氧化碳等温室气体生成的温室效应在作祟，不仅对人体有害，还会在全球范围引发热浪、暴雨、大旱等天气，甚至会导致动植物绝减、沙漠化扩大等灾难，可怕矣！

气候虽然反常，但接近年底的这二十多天，工作和生活节奏一下子由紧张忙碌变得从容自在起来，多年来，我是难得有这么几天轻松的。由于工作岗位待调整，只是三天两头办理些公务，非但办公室清静，无谓的应酬也少了许多。我忽然发现，人一旦不再拥有或暂时失去发挥能量的位置，才会真正知道自己其实远没有那么重要，也会有意无意疏远过去那个人际圈子。曾经在八小时之外常能聚在一起谈天说地的朋友，突然间电话联系少了，或真情，或假意，嘘寒问暖的客套话也没几句了。

人闲下来的时候，才是真正可以反思人生、感悟人生的时候。我住的楼下，有个刚办理退休手续的老大哥，他原是盟直机关的一个科长。一起闲聊时，他说刚退下来这阵子，真有点不太适应，多年来的工作规律、生活习惯发生了很大的变化，不上班闲在家里，既觉得寂寞，又有点焦虑烦躁，不调整心态还真是不行。我觉得，这是他的真切感受，不知到我退休之后是否也会这样。上楼回到屋里，又窃笑自己想得太远了，我离退休还有二十三四年呢！

正如那位退休老哥出现暂时"不适应症"那样，虽然我在时间上宽余了，但内心并不完全轻松闲适，由整日忙得不可开交到闲下来喝茶看报，心里总是有一种碌碌之戚。这些天来，我有意识地调节这种"不适应"，开始写点抒发情感的文字打发时光。有天下午，我呆呆地望着窗外灰蒙蒙的天空，心想，老天爷不下雨，庄稼到该种的时候还是要种下去的；老天爷不下雪，寒冷的冬季也会随着时令转移而过去。人生轨迹有似大自然的规律，冬藏春发夏长秋收，收敛内气，顺时养生，正可以驱灾去病，养得一个好身体再上前路。这样想，心里稍稍坦然了，觉得碌碌之戚也许是多余的。

接近元旦，我收到母校教授寄来的贺卡，新年夜又接到千里之外的同学电话问候，长时间不曾有过的温馨和激动再次涌上心头。那夜，邀几个朋友下馆子吃饭，不知因何感慨，我竟然喝醉了。我觉得，醉，有时也是一种难得的享受，醉了可以回想生活中的温情瞬间，也可以什么都不想，什么都不求，什么都不怨。

冬夜漫长，睡到后半夜总会梦醒或冷醒，就很难再踏实地睡回去，有时等天亮等得煎熬，如同又困又饿的远行人盼着前方快点出现客栈。披衣起身，立在窗前，见窗玻璃结了像树枝又像蕉叶一样的霜花，我从枝叶缝隙朝外望去，小巷里昏黄的夜灯，依然睁着困倦的眼睛。深吸一口冬夜的凉气，忽然想起水墨氤氲的江南，理理一团乱绪，聊且吟一阕《小重山》：

> 夜半衾薄枕若冰，霏霜窗槛落，影蒙蒙。难消病酒盼天明，更漏断，浊目对昏灯。何处好风情？江南寻桂子，采秋菱。云山烟水雾江亭，抬望眼，遥遥万千重。

去年五月上旬，我第四次到江南。回想起来，那十多天的出行十分放松、惬意。思慕江南，是因为江南可以寻桂子，可以看潮头，可以吟啸徐行，塘畔听蛙，可以泛舟远望，心云相随。不过，在尘世间走累了、迷茫了，更应以畅达的心境驱散烦恼，超然释怀。那便是闲敲棋子、夜挑灯花，便是新火新茶、诗酒年华。不知道何时能再次寻游梦里的江南。

江南毕竟离我很远，眼前的生活才最现实、最真切。不知不觉，春节就要到了。腊月二十六是母亲的生日，我把蛋糕摆上餐桌，点燃几支彩色蜡烛，和夫人、女儿一同给母亲唱生日快乐歌。小城上空不断传来响亮的爆竹声，母亲的生日在浓浓的年味中更显得温馨祥和。我看看母亲红扑扑的笑脸，再看看孩子穿上新衣裳喜滋滋的神情，从中体验着人到中年的况味。

旧的一年即将过去，新的一年又要来了。

二〇〇二年二月八日于集宁

望美人兮天一方

跨进中年的门槛，渐渐感到在人生旅途行走的艰辛。反顾这些年走过的足迹，忽然发现，我一直像是在茫茫沙漠和戈壁中踽踽独行，一直在为翻过座座沙丘、穿越望不到头的荒芜而奋力挣扎。我如一峰骆驼，耐着饥渴和疲惫长途跋涉，不知前方何处会出现水草丰美的绿洲。暗夜里，冷风中，这峰骆驼孤寂、困倦、无助，回过头舔舐汗水浸渍的创口，竟是那样灼痛。

我一步一个脚印前行，不知再走多远、多久，才能走出沙漠戈壁，才能找到一处可以歇脚的驿所。当黯云笼罩心海，沉雷滚过心海，我因在暗夜里看不清方向而焦灼万分。

我曾面朝朔漠寒风，独自伫立在一个低低的土丘上，一任冰霜雪粒包裹我清瘦的身躯。我微张冰凉的唇，无限怅然地唱一首《心的祈祷》。

我曾泪眼迷蒙，长跪在瘠薄而又令我留恋的土地上。我痴痴地祈求上苍，祈求一场透雨洗涤尘埃，给我一方洁净的大地和澄澈的天空。

我曾在沉郁时举杯邀明月，企图自抚灵魂之创痛。当酒精与生命的热血相合相融时，我没有飘然欲仙的感觉，眼前更多的是迷乱的幻影。微醉微醒中，我跟着古人吟唱："桂棹兮兰桨，击空明兮溯流光，渺渺兮予怀，望美人兮天一方。"

我睁大双眼期待、探寻，这方澄澈的天空还是迟迟没有出现；我在无助中独自挣扎呼号，一路跌跌撞撞，浑身留下了累累伤痕；我经历一次次暗夜冷雨，浑身瑟瑟，如同深秋一只寒蝉叫不出声；我始终无法平息满腔热血的涌动，无法抗拒心灵深处的渴望；我在漫漫长夜试图走出困境，但又无数次迷失自我，一次、两次、三次，我无不失望、无不遗憾地折返。

我怀疑，是我的期望值太高了吗？

其实，我不是一个纯理想主义者，我没有患得患失的心态，我也没有好高骛远，我所能做的，一直所做的，就是坚持、坚守，不断积累，默默付出，努力做好自己，做好事情。

一次次失望之后，我不能说我的内心平静如水。年近不惑，人生画布已经涂上红红蓝蓝、明明暗暗的油彩，再想还原当初那纯色的白是不可能的事情了，但画布上那点点、片片的红，一定是热爱，一定是激情，一定是希望。

我知道，人生的路不会一直是平坦的，也不会有多少个扶携我的长者和助力我的挚友临歧迎送。路长长，路也茫茫，心路长长，心海也茫茫。这些年，寂寞伴随着我，甚至已经在我的生命中扎根。寂寞，是长夜里在自己的小屋独坐静思，是我在渐浑渐浊的世俗中洁身守道，是我认准一条属于自己的路独自坚韧前行。我知道，有寂寞，才不会失去自我，耐得住寂寞，才是静水流深，才能积淀自己。

我告诫自己，精神不可枯萎，心灵不可麻木，要以坦然微笑面对生活、面对所遇所得，要看得开，要放轻松，要有淡泊平和的心态。我笃信，看开不能是看破，轻松不等于沉沦，淡泊平和不是甘于平庸。

我劝慰自己，走啊，坚实的脚是不怕泥潭和乱石的，迈出去的脚步已不可能再停下来，我依然会风雨兼程向前走。我心底的渴望，就是永不言弃的信念。我的嘴角始终留存着一丝坚毅，这恐怕是与生俱来植入骨子里的坚毅。

我相信这个世界上的任何事情都会出现转机。我相信生活的宽容和生命的美好，我依旧执着地寻求和等待。

我家墙上挂着一幅画，孤峰峭壁，乱石堆叠。石缝里，一棵清瘦倔强的松坚韧地生长着，我把它当作一句珍贵的箴言。

二〇〇六年四月于集宁

海上一夜

下午六点半，随着一声开航汽笛鸣响，开往天津的客轮缓缓驶出大连港。天还亮着，甲板上站着许多人在看海，船尾有数百只海鸥翻飞，浪漫的充满诗情的海，又增添了许多灵动、鲜活。偌大一艘客轮，船头犁开深蓝色的海水，船尾拖一条长长的雪浪银花驶入渤海深处。

整整两天，我在大连的街巷和海滩徜徉，初次造访这座魅力十足的海滨城市，像是看了一场童话电影，困囿已久的身心得到了短暂的释放。

也许是马不停蹄地行走而感到累的缘故，船行了一个多小时，我开始有点眩晕。洗了把脸，到餐厅吃了点东西，躺在铺上，想大致策划一下转道天津再逗留两天的行程。可一闭眼，脑子里全是在茫茫大海中悠悠飘荡的感觉，反而觉得更晕了，想呕又呕不出来。

　　凭前几次乘船的经验，我重新登上甲板，想再次吹吹海风，缓释一下那种说不出感觉的眩晕。甲板上一名中年男子扶着一位妇人，那妇人正在往垃圾桶里呕吐，我急急转过身，走开几步，怕自己跟着产生更剧烈的反应。衣衫单薄，禁不住夜里海风的噬咬，行李箱里也没多准备可添加的衣服，我浑身开始瑟瑟发抖。

　　海上的夜渐渐渲染开来，偶尔可见远处一两艘相向而行的轮船有忽闪的灯光，再没有别的亮色在我眼前出现。我进舱坐又坐不住，躺又躺不得，只好手扶船舷栏杆，长时间凝望黑漆漆的夜和黑漆漆的海。

　　大海，对于第一次亲历它的人来说是全新的，即使对多次亲历者来说，海还是新的，永远是新的。每个人在领略大海巨大魅力的同时，不能不勾起脑海中积淀已久的人生怀想，无法抑制住自己心灵的回声。那回声，如同夜的海水在船下四溢开来。

　　在这大海上，我真切感到自己就是沧海一粟；在这艘有几百个乘客的船上，我却觉得自己像在大海中独行。我静听海的声音，也在听自己内心的声音，我喜欢把心灵的空间留给自己独处静思。我想到人生，人生就是一次艰难而孤寂的精神旅行，虽然步履沉重，但还是要继续往前行走，因为在我的心灵深处，有埋藏已久的渴望和追求。今夜或许也是我人生中必经必走的一段路，有痛苦、追寻，更需要抗争的勇气和毅力。在这暗夜中，我仿佛看见海上浮起一页请柬，令我为之一振。我又一次相信，暗夜过后，明天早晨的海上，一定会先有丝丝缕缕的光亮出现，直到璀璨夺目。

　　我还想，海是博大的、包容的，海的胸襟无限开阔，足以让人的心灵得到喘息和休憩，正如一个大气包容的海滨城市能让你停留下来做短暂的休憩一样。我听见一个姑娘用手机给妈妈报送平安，忽又看见一对年轻恋人相拥在船头，背靠船舷护栏，仿效电影《泰坦尼克号》男女主人公浪漫的"飞翔"。恰在这时，天津的同学通过手机给我发来信息，说他已经安排了我在天津的假日行程。几个月以来脑子里一直绷紧的弦彻底松弛了下来。说实话，我离开天津快二十年了，真想回天津母校看看，想回天津故地再走一走。天津，曾经是天子渡口，曾经有帆樯相接的繁华盛景，仕宦出入，商旅往来，莫不栖泊于此。听老师和同学们说，天津这几年变化很大，他们几次邀请我回来看看，我这次旅行回程走海路先返天津，出发前就有这个考虑。

海、浪花，夜、星空，人、旅途，这些具象在我的大脑里不断跳跃，但晕船这一夜，我泛不起一点写诗的冲动，正想回舱里时，脑子里竟闪出几句：

> 孑立凄冷风中
> 渴望是最真实的情绪
> 我把心音托付大海
> 舱门是一封信
> 开启的瞬间
> 期待已发送远方

已近午夜时分，同样晕船的那位女士还在甲板上，在一条长椅上，男人用船舱里的毛毯把女人包裹得严严实实，侧转身体给她挡住午夜冷冷的海风。我顿生感慨：人世间，令人感动的情景无处不在啊！这一夜，不知他们会在甲板上待多久才再进船舱，也许是后半夜，也许他们今后再也不会乘船旅行，不再受这恶劣的晕船之罪。但我想，有这一次，也是百年修得同船渡，他们在不经意中经历了一次痛苦，更经历了一次铭心刻骨的温馨和关爱，这一夜的温馨和关爱值得在日后漫漫岁月里时时回忆和品味。

我回到船舱服了两片晕船药，和衣而卧，下半夜竟然睡得很沉、很香。我期待次日早上有幸看到海上日出。

　　一觉醒来，海面大亮，但下起了蒙蒙细雨。我走上甲板，塘沽港已在雨雾中隐隐可见，轮船长长的汽笛声再次响起。

　　天津，到了!

二〇〇六年五月十五日于天津

小寒·腊八·雪夜

小寒逢腊日。

我是个连过自己生日都不在意的人，整日在冗杂的事务中忙乱，断不会想到今天就是腊八节。下午终于抽出半天时间到卓资县十八台镇金城洼村，慰问我包扶的三户困难家庭。我见两家火炉上的小铁锅都泡了红芸豆，一家女主人正忙着煮粥，一问才知是腊八节到了。村里乡亲再忙，也会依时依候过节，冬闲时更不必说。我不知道远在家乡七十八岁孑然一身的老母亲，今天熬粥了没有。

一下午走村串户，冷意浸了全身，毕竟节至小寒，再过两天就要进入三九，一年里最冷的时节。回城时已是黄昏，天空中暗灰色的云霭像一张大幔向北方这座小城覆盖下来，远望一眼我居住的那个小区，橘黄色的楼体也失去了晴天时的鲜亮。"鹊始巢"向来是小寒的物候，夜幕降临前，成群的喜鹊在高大的杨树顶端翻飞。春天非远，灵鹊先知，天地间的阳气开始萌动了。

夫人打电话告诉我，她熬腊八粥了，住在我楼下的邻居嫂子也送来了粥。走进回家的巷子里，我似乎闻到了东西两侧院里飘出来的粥香。

据说吃腊八粥的习俗源于古代的腊祭，一千多年前就有书面记载。腊八粥蕴含了丰富的文化内涵，如同中秋月饼、端午粽子，早已是一种文化符号，其次才是一种美食。在这寒冷的冬夜，我无心从手机查看更多关于腊八的节日渊源、历史发展和民间习俗等，只是想热热乎乎地吃上一碗粥。

一个节气和一个节日就这样在我的记忆里交会。吃粥的时候，想起腊八前夜母亲在麻油灯下挑拣红芸豆的慈祥面容；想起腊月里故乡小院屋檐下的冰溜子和屋后埋至半墙高的积雪；想起腊八清早，村中井口积冰如山，吊水桶不能送下井孔，几个青壮年抡起钢钎刨冰，我们一群孩子小手冻得通红，争着抢着吞吃溅落下来的"腊八冰"……我还想起我家和叔婶家杀猪迎年的情景。那些年，几乎家家都养一头猪过年自食，小雪后大雪前杀猪是最适宜的，请村里三五个壮汉按倒猪宰杀。堂屋里那口大锅，沸腾的开水"咕嘟""咕嘟"冒起水花时，用大案板把猪抬上锅头，热气蒸腾中，两个人往猪身上泼浇开水褪毛，边浇边刮，顷刻间，一头肥猪被刮得白白净净。取出内脏，称过净重后，割下猪脖子上的一圈肉，连同猪肝、猪肺、土豆、白菜烩在一起，全家大小十七八口共吃一锅杀猪菜。腊月为岁终之月，过了腊八就是年，腊八之后，小孩子们总是掰着指头一天一天地数着、盼着除夕的到来。

夜空低沉，飘下了细碎的雪花。记得小时候看见下雪总是满心欢喜，这个雪夜有腊八粥的馨香，有足够的理由让所有在喧嚣尘世间打拼、挣扎或迷途的人们欢畅一刻。雪是经年的雪，是岁月的痕。望着窗外昏黄灯光下飘着的雪花，我也不由得想到旧的一年将要过去，新的一年又该怎样背着行囊前行？有几位微信好友发信问候，甚至静伏在朋友圈里不现身露面的朋友今晚也给我送上祝福，使我心里满是感动，疲惫的身子顿觉轻松了许多。

二十多年来，我在机关做政务服务工作，时常加班加点，今晚能早早回家吃饭，特别是吃一碗腊八粥，也算是有点奢了，刚进门时冰凉冰凉的脚已暖和了许多。坐在沙发上，我觉得这个夜似乎还缺少了点什么。此时，雪花正好为小寒夜和腊八夜添了一种我久久渴望的宁静氛围。我忽然想，要是再有一个小酒馆或许更好，找一个角落，有炉火微醺，有一盏弱弱的小夜灯，有一壶陈年老酒，那个角落，一定是疲惫时可以稍稍停靠的地方。长长冬夜，那会是怎样一个温暖幽静的所在，又是怎样一刻柔美惬意的时光呢？林语堂说："人生不过如此，且行且珍惜。"真是一句悟透人生的至理名言。年过半百，拖着沉沉的脚步修为笃行，不叹息，不埋怨，不哭泣，只要心灵能有一隅之地可以歇歇脚也就足矣。

夜半，雪还在轻轻地飘，铺满了这个寒冷的冬夜。雪花是春天的使者，有一场如期而至的雪见证小寒，有腊八节为丁酉新年添味，这冷夜似乎也飘溢着丝丝缕缕的温情。小大寒一过，又是一年春将至，要知道三九天的寒冷毕竟是短暂的，用不了多少天，冰封的大地会渐渐苏醒。七九河开，八九雁来，盼着，走着，春天的花就开了！

二〇一七年一月五日于集宁

第三辑　清瘦的路

● 前天上午，我下乡调研，女儿没人照看，我就把她带在吉普车上。车上有单位领导，胆小的孩子憋尿憋好久也不敢吱声，尿在了裤子里，孩子难受，我也难堪。屈指盘算，我还有七八天既当爸爸又当妈妈的日子。

● 每个乡下学生住校就读都是饱尝冻馍之苦的。我们宿舍是一间不足三十平方米的土窑，十二个学生挤一条通铺。到了冬天，夜里冻得穿棉鞋戴皮帽睡觉。雪粒从宽宽的门缝刮进来，我偶尔把还没交食堂的大半袋面粉压在脚下抵挡寒冷。我们每天两顿饭，一顿玉米面窝头和不剥皮土豆熬的菜汤，没一点油水。

● 那些天，我几次想收拾行囊，义无反顾地奔赴通辽。唯一让我犹豫的是我年逾七十的老母亲。作为独子，我舍不得，也不能留下母亲。我反复权衡，母亲是家，有母亲在，我还是不能独自远走高飞。

● 故乡傍晚橙红的夕阳、明净的圆月，村边绿油油的田垄，泥塘夜半聒噪的蛙声，还有绵绵的新雨、纷纷的初雪，都是我四十多年来萦绕心头挥之不去的乡愁。

夜阑难寐诉衷情

　　夜已深，我伏在自家小屋的炕桌上赶写一份调研报告。窗外一片漆黑，似乎又有一场秋雨马上就要降临，夜风裹挟着湿气，从门缝窗缝挤进来，虽然披了外衣，还是觉得后背有阵阵凉意不时袭来。回过头再给两岁半的女儿掖掖被子，孩子刚刚睡熟，这是妻子出差后我带孩子的第四天。孩子想妈妈了，下午六点在幼儿园门口又挨了我两巴掌，晚上一直哭，连饭都没好好吃几口。

　　不知孩子妈妈到达目的地没有，或许她还在去往大西南的列车上"咣当"。这是她今年第三次出差，一次是被单位派出参加为期半月的干警集训，另一次是到四川、贵州两省，遣送六名被拐卖到察哈尔右翼后旗农村的受害妇女。这次还是到四川，她要和同事们往回押解几个外省籍人贩子，因有女犯罪嫌疑人，必须要有一个女警察去。今年，旗公安局侦破十三起拐卖人口案，在四川警方协助下抓获十五个人贩子。上次他们遣送的是被拐卖者，是受害人，但她回来后说，在临行前的例行检查中，从一个被拐妇女腰间衣服里搜出了剪刀。这次，他们面对的是已被拘捕即将重判的犯罪嫌疑人，乘坐火车硬座去，再乘硬座押他们返回。可以想见，此行任务艰巨，也十分危险，他们可能几天几夜都不能好好合眼睡上一觉。

本是人间万家灯火明，这几年拐卖妇女儿童的违法犯罪行径却十分猖獗，可恶又可恨的人贩子，不知给多少无辜家庭带来了深深的痛楚和伤害！

女儿在睡梦中不时抽泣，我知道孩子是受了极大的委屈。她放学从幼儿园出来，高高兴兴、蹦蹦跳跳地爬上自行车后架让我驮着一起回家。在幼儿园附近的马路市场，我说买颗大白菜，小贩挑菜、称重，我付钱，一转身，孩子不见了！刹那间，我吓得心脏怦怦直跳，情急之下扔下菜在人堆中四处寻找，见孩子已经跑到七八米外的香蕉摊边，从摊上拿了一根香蕉，正剥开皮要吃。不懂事的孩子！不知道在市场里要紧跟着爸爸，更不知道买东西是要爸爸先付钱的，而厚道的摊贩大叔不但没去制止孩子，反倒看着孩子乐呵呵地笑。我一时气急，跑过去在孩子屁股上狠狠抽了两巴掌，再给摊贩大叔付钱，人家却坚决不收。我只好教训孩子一顿，领上号啕大哭的孩子往我住的那个小杂院走。

放下手中的钢笔，背靠空空的墙，我泪盈双眼。两年半以前，女儿降生在那个寒凝大地、雪花纷飞的冬至日，我给女儿起名涵凝。因妻子动了胎气，孩子比预产期提前十几天来到这个世界。孩子生下来后，妻子没奶水，哺乳期一直用牛奶喂养女儿。奶农送的牛奶有时掺的水多，偶尔又不新鲜，孩子吃了经常拉肚子。妻子休产假其实不到两个月，因我俩工作都忙，孩子出生三个月后，只好把她送回乡下让父母拉扯，刚满一周岁才接回镇里。当时，只有一个私立幼儿园接收这么小的孩子，孩子常常被小哥哥、小姐姐咬破手指或咬肿耳朵，弄得阿姨挺难堪，好几次向我俩解释并表示歉意。不少孩子带苹果、香蕉到幼儿园吃，阿姨对我俩说，你们是双职工，两人都挣工资，每天也给孩子带个苹果吧！我们知道亏欠了孩子，但又真的做不到，心里像打翻五味瓶一样不是滋味。我想起孩子挨打后边拍小手边哭着说："再也不敢了！再也不敢了！"我后悔我的冲动行为，现在才觉得在那个场合教育孩子不对，用那样的方式教育孩子更不对；我不该因为孩子"偷吃"街头东西，丢了一点当家长的面子，就把严父的惩戒用到一个两岁半的孩子身上。我因自己囊中羞涩，没能像别的爸爸那样给孩子多买一次香蕉而深深内疚和惭愧，我对不起孩子对爸爸的无限信任。

梦呓中，孩子又在喊妈妈。

天天盼着孩子长大，又想让孩子把童心和快乐一直留在我俩眼前。昨天晚上，孩子给我表演幼儿园阿姨教的舞蹈，动作不是很标准，但样子极为认真。她天真无邪的眼神，在我眼里就像刹那间溢出夜空的点点星光，亮晶晶的，璀璨了我们一家三口的小屋。我亲亲孩子，鼓励她："乖乖，明天到幼儿园再好好练习，等妈妈回来给妈妈表演，妈妈出差给你买巧克力去了。"孩子面带不屑地说："爸爸骗人，妈妈抓坏人去了。"我吞吞吐吐，给孩子说不清妈妈为什么要去抓坏人，也说不清妈妈什么时候才能回家。

前天上午，我下乡调研，女儿没人照看，我就把她带在吉普车上。车上有单位领导，胆小的孩子憋尿憋好久也不敢吱声，尿在了裤子里，孩子难受，我也难堪。屈指盘算，我还有七八天既当爸爸又当妈妈的日子。我盼望孩子妈妈这次执行任务平平安安回家，回来后，孩子一定会快乐地给我俩唱歌、跳舞，也能天天偎在妈妈怀里享受爱、享受温暖。忽而我又想到，明天是发工资的日子，我会怀揣九张十元大钞，领孩子到摊贩大叔那里买一大把香蕉，还要给她买她最爱吃的巧克力。

一九九三年八月十八日于察哈尔右翼后旗

十年大学梦

　　和过去所有的农村孩子一样，我没受过学前教育，七岁半一入学，就在村里的小学上一年级。这所学校寒碜得让我不好意思去描述。那是一间不到六十平方米的土坯房，只能容纳全村十四五个孩子就读，有三四排泥台充当课桌，没有凳子，学生们挤着坐几条长木板。村小学只有一位姓赵的男老师，民办教员，边务农边教书，一个人教一至三年级语文、数学两门课。学校没围墙，连个篮球架也没有，学生们的课间活动也就是丢沙包、踢毽子，做老鹰抓小鸡之类的游戏。

　　升小学四年级后，我到离村一公里的公社中心小学读书。读到五年级，我的成绩一直不错，尤其是作文写得流畅，总能给学校的墙报写几篇小文章。所谓文章，都是我从报纸上摘抄的相关段落，再拼凑成几篇短小的豆腐块。

那时候，家里不时有几份乡邮递员给生产队送来的报纸。

我刚读初一时，国家恢复了高考制度，学校的教学渐渐步入正轨，我也从崇拜"白卷英雄"的懵懂中醒悟过来。姐姐读完高中，回村当了民办教师，父母继续供我读书。一九八一年，我考入旗第二中学读高中，或许从那时起，我做起上大学的梦。

我们乡里已有两个农家子弟先后走进大学校门，我的大学梦也变得越来越真切。当时，家在城镇的高中生毕业后很少有就业门路，在农村的毕业生又不情愿回乡里种地务农，许多学生开始挤上考大学这座"独木桥"。高中毕业那年，我抱着试一试的心态第一次参加了高考。这次应考，我还没有真正进入摩拳擦掌、跃跃欲试的状态，对考上大学不敢抱有任何希望。

我心里十分清楚，英语和数学实在是没学好。上了高中，英语老师从第三册教起，而我没有前两册的基础，最终没能赶上去。当时数学成绩差，多是因我初中时偏科。有个学期末数学测试，一道"鸡兔三十六，共腿一百条，求鸡兔各多少只"的二元一次方程应用题，我绞尽脑汁，硬是没答出来。我那数学老师是个"半家户"，他的妻子一直在乡下务农，他家孩子多，家境较为困难。有两次，他让我回村和父亲要一些集体的大白菜、胡萝卜和麻油，我应允下来，回家几次想和父亲说，但最终没敢说出口。于是，老师把个头不高又早早近视的我放到最后一排，课上课下基本上是不理不问。从此，我对学数学索然无味。

这年应考，我英语考了四十分，数学勉强考了五十二分，自然也就败下阵来。

经不住几个同样落榜同学的纠缠，干了两个月农活后，我背起行李回到旗中学复读。古人说，"十年寒窗苦"。每个乡下学生住校就读都是饱尝冻馍之苦的。我们宿舍是一间不足三十平方米的土窑，十二个学生挤一条通铺。到了冬天，夜里冻得穿棉鞋戴皮帽睡觉。雪粒从宽宽的门缝刮进来，我

偶尔把还没交食堂的大半袋面粉压在脚下抵挡寒冷。我们每天两顿饭，一顿是玉米面窝头和不剥皮土豆熬的菜汤，没一点油水。我能从家里拿一些白面，可以调剂着吃一顿馒头和小米汤。我用废墨水瓶做了一盏煤油灯，每天晚自习后，继续挑灯夜战，常常熬到后半夜，最后一个离开教室。为了圆大学梦，我忍受着饥饿和寒冷，几乎扔下别的功课专攻数学和英语。回想起来，那年我在复习应考上下的功夫，差不多达到古人"头悬梁，锥刺股"的境界。

那一年，复读补习费是每学期三十元。为省下这三十元，我瞒着父母，于高考前两天骑自行车回到乡政府，给我和另外两个同学开具家庭困难证明，以便取出校方暂扣的准考证。大热天近四十公里往返，我中暑了。高考前一天，我住在白音察干镇东风旅社，头晕、身虚、恶心、呕吐，服药输液折腾了大半夜。次日早晨，我被几个同学扶着坐在自行车后座上，勉强进了考场。第一门考语文，开考仅七八分钟，我晕倒在考桌上，昏昏沉沉中听到监考老师喊来考场工作人员，他们搀着我，把我送进了医务室。

后来听说我高考晕倒的"事故"轰动了整个考区。接下来的两天半，我强打精神考完其他几科，老师和同学们都知道，我是在大家的安慰和劝说下应付着考完的。走出考场，失魂落魄的我不想马上回家，没和任何人打招呼就登上一列火车，在邻近集宁的一个小站下车，再步走十公里路，走进山沟里一个表姐家。在山沟里，我见不到其他熟人，更不知道我能躲上几天，无论怎样，我不再认为今生还有希望上大学了。

记得是九月初的一天，听说高考成绩在旗教育局的围墙上张榜公布，本乡有位同学要去镇里看成绩，我托他顺便抄回我的成绩。那天，他乘坐的返程班车路过我们村停下，他没下车，也没说一句话，把我的成绩单从窗口递出，薄薄的一张纸单，几乎摔在我的脸上。语文成绩十点五分，我早预料到了，但没想到我的总成绩差录取线十一点五分。刹那间，脑袋"嗡"的一声，我一下子瘫坐在公路边的草丛里。

我不甘心，不想服输，又一次决定去复读。秋后，我低着头走出家门，走出村口，又低着头走进旗第一中学。这个学期，在老师和同学们的心目中，我排进最有希望考上大学的名单里。临考前，父亲从乡下赶来。他说，听别的学生家长讲，今年可以报考高中中专。他劝我把握大一些，考个中专学校算了。他还说，如果考得上，中专学制是两年，和念大学比起来，可以省下两年费用，早毕业早工作也能早挣两年工资。父亲是农民，又是半文盲，我理解他的苦衷，于是点头答应，带着永远圆不了大学梦的深深遗憾报考了中专学校。这一年，七月七日终于成了带给我好运的日子。经过三天的考场拼杀，我取得全旗高中中专第一名的好成绩。两个月后，被天津一所部属中等专业学校录取。

工作之后，身边同事大多是大学毕业生，说实话，和他们在一起，我有时很自卑，心里一直想弥补没受过大学教育的缺憾。一九九二年，我开始参加内蒙古师范大学的汉语言专业自学考试，用两年时间结业十一门课程，取得大专学历。接下来，考完全部本科课程，终于拿到大学本科毕业证。唐代诗人贾岛自怜作诗的艰辛："两句三年得，一吟双泪流。"想我自己十年之后通过自考取得文凭，即使算不上真正圆梦，但毕竟有了一张大学文凭。这张文凭的背后，有我辛酸的泪，也有我深埋十年的隐痛。

文凭是证明一个人接受某种教育层次的凭证，在一定程度上也是反映一个人知识水平的基准线。我心里的大学梦并不是看重那张文凭，更多的是对知识的渴求和对人生理想的追寻。我觉得，有了真正的学识才会有真正的本领，不断充实自己，不断更新知识，活到老、学到老，永不懈怠的奋斗才弥足珍贵。

二〇〇二年一月二十日于集宁

"吃货" 说吃

小时候家境贫寒，除了乌兰察布大后山的农家饭，我没再吃过什么好东西。人到中年，随着生活条件的改善，随着足迹所至越来越远，随着健康饮食的观念渗入大脑，我的"吃趣"越来越浓，对吃什么、怎样吃也有了"挑剔"和讲究。

每逢春节、中秋节或其他传统节日，家家户户都张罗着置备好吃好喝，我却不想摆弄杯盘碗盏，饱啖大鱼大肉。对于美食的喜好，我更多的是找机会搜罗异地僻巷的特色小吃，或是在自家厨房全身心投入，做一两样美味可口的饭菜与家人分享。

在厦门读大学的女儿放寒假回来，我只要不开会调研，没有接待任务，就尽量推掉其他应酬回家做饭，做孩子在厦门吃不到的莜面、烩菜等家常便饭，做鸡汤、兔块、手抓羊肉，几乎每顿都不重复。我隔三岔五从超市买回鱼虾和时蔬，翻新花样，以不同的配料、工序和烹调方法，做出不同口味的菜肴。一个多月以来，我边研究食谱，边琢磨创新，竟"推出"十几样精心烹制的"得意之作"——清炖鲫鱼萝卜丝、山药海带排骨汤、油焖大虾、苦瓜两吃、香菇烧油菜等，一家三口吃得津津有味，女儿更是赞不绝口。为此，她送我一个"吃货"的绰号。我原以为这是个贬义词，一查才知是网络和人际交往中频频使用的流行词语，意思是爱美食、懂吃、会烹饪，视美食为人生一大乐事的人，是一种有吸引力的形象特质。

我出生在二十世纪六十年代中期，回想起来，在我年少时，能填饱肚子就算万幸了。一个吃相"贪婪"、趴在锅边狼吞虎咽的农家孩子，在"吃"上根本不可能有什么形象特质。我的童年和少年时代，物资匮乏，虽然很少再吃糠菜丝、红薯片、窝窝头，但生产队分配的粮食仍不够食用一年。三五天能吃上一顿馒头，每晚能有莜面糊糊煮山药蛋，就是我口中的"美味佳肴"。逢年过节，能吃上花生、水果和大米都是奢望，除过年和中秋节，全年几乎闻不到荤腥。于是，我和小伙伴夜里打上手电筒，在大集体的牲畜棚圈捕捉几只麻雀烧熟吃，偶尔也能解解馋。冬季到来，在野外有时能捡到风雪天撞死在电话线上的飞鸟，我甚至吃过从野地里挖出的黄鼠、刺猬。秋天放了学，饿的时候跑进生产队的菜地，偷吃一把小葱或两根带泥巴的萝卜，我至今还常常忆念那鲜嫩的色泽和清香的味道。及至离家读高中，三年多的时间，一日两餐是清汤白菜和发酸的生芽小麦面馒头，父亲来镇里，领我到国营饭馆吃一碗肉丝汤面，能让我足足回味十天半月。

有一次学校放假，我徒步回家，三十公里的路，从早晨走到午后，经过牧区六叔家歇脚时，已是十分饥饿疲乏，婶娘给我做了风干羊肉炖粉条。两三个月吃不上一顿美餐的饿学生，一口气吃下满满两大碗，结果整个下午胃里胀硬如石。土豆粉条本来就好吃难消化，更不知这风干羊肉类似压缩食品，三四斤鲜肉才能风干一斤成品，虽是美味，但纯属无水分的干货、硬货，吃进肚子里，再喝两杯水很快就被焖开，没半天时间是消化不了的。我仰面躺在屋后的草坡上，不停地打嗝、反酸、干呕，其状甚惨。这顿美食，这次贪吃的经历，让我再想起来还有点后悔和后怕。

工作之后的二十多年里，我去过全国不少地方，到过大城市、小县城，去过边陲牧户、江岸渔村、山寨农家，我品尝各式各样的地方风味、民间小吃，不断感受从书本见闻变为眼前现实的食物之美，领略大江南北丰富多彩的饮食文化。我喜欢在夜幕降临、月华初上的时候，溜达到小城镇的露天食摊，找张板凳坐下，要一份当地的风味小吃；或是走进一处农家店，掰几棒老玉米，沐浴着月光静等锅里飘出浓郁的穗香。我觉得，越是异地他乡不曾吃过的特色饭菜，越令我深受诱惑，越是楼堂馆所见不到的小炖小炒，吃起来越是有滋有味。由此，我真切地感受到，享受美食不仅仅是生理上的需求，更是精神上的满足。追求美食享受，绝不是心有贪念，追逐奢靡，人们在吃饱之后，吃好便是无可厚非的事。吃好不是挑三拣四，实际上，诸如桂林米线、西湖醋鱼、塞外口蘑、草原羊杂、山西大同刀削面、山东煎饼卷大葱等名品名吃都是市井街巷大众津津乐道的美味，就是北京的烤鸭、天津的狗不理包子、西安的羊肉泡馍、成都的火锅，任何一个城市的百年老店、特色食府，寻常百姓现在都可以走进去一饱口福。

我还认为，一道菜肴、一款面点之所以能被称作美食，一定在色泽、造型、味道、营养或创意等某个方面有其独到之处，也包含许多历史、文化、人文、美学的因素。一次品尝美食的过程，就是追溯历史、品味文化、体验美感的过程，也是享受人生快乐和美好的过程。

自办完婚礼从老家回城的第一天起，我就开始学做饭。一是因为双方父母姐妹都在乡下，城里没有可蹭饭之处；二是工资低，承受不了食堂或饭馆的伙食费；三是夫妻工作都忙，二人做饭可以相互协作。我的做饭技能既没受之于父母传教，更不是无师自通。最初的两年，常因饭菜汤多、盐重、糊锅、半生不熟而尴尬。正所谓"熟能生巧"，做得多了，慢慢琢磨，不断总结经验，料的搭配、量的把握、火候的掌控自然也就得心应手。有一年春节后，夫人请七八位同事来家小坐，在他们聊天的当儿，我一人下厨麻利地备好十几样食材，小小厨房成了我施展厨艺的舞台。红焖鸡块、手抓羊肉、家炖鲤鱼、大拌凉菜，炒两三样清淡时蔬，再切配几份现成的肘花、火腿、酱牛肉，简直不输饭店的一席大餐。那会儿，燃气灶呼呼呼地轻吐火苗，烧油声嘶啦嘶啦响起，勺铲磕碰叮叮当当，好似一阵清脆美妙的乐声。一小时后，我将做好的十几道菜端上餐桌，客人惊诧不已。

为吃得更合胃口、更有营养，过去的囫囵吞枣变为现在的精工细做，过去是有肉顿顿吃，没肉天天土豆丝，现在讲究荤素巧搭配，粗细有比例，更重要的是，我还把养生知识运用在饮食实践中。如果让我说几年来下厨做饭的心得体会，也就两个字：用心。首先是用心学，家庭菜谱、电视烹饪节目和报刊美食版面都是我的"老师"；其次是用心悟，在饭店品尝专业厨师做的好饭好菜后，回家琢磨研究，模仿领悟，虽无大成，也有小得；再就是用心做，《论语》有言，"食不厌精，脍不厌细"，系上围裙，手机里放一段京剧，任身心自由放松，仔细洗、切、烹、煮，有条不紊地完成自己的美食创作。

过去有句俗语叫"上得厅堂，下得厨房"，意思是一个人除了工作外，家务上也能做得很好。我觉得，能不能下得厨房，关键在于观念和态度。最初，我是在无奈和无助的情况下为填饱肚子走进厨房。现在，下厨成了我自觉自愿的行为，成为一个爱好、一种乐趣，成为极富情调、极有成就感的创造性劳动，成为缓解和释放工作压力的休闲享受，成为增进家庭和谐、提升生活品质的一份家庭作业。

我虽爱美食、爱下厨房满足自己所爱，但终究算不上一个美食家。古今中外有许多真正的美食家，我首先推崇清代袁枚。袁枚是清乾嘉时期的诗人、散文家，也是一个地地道道的"吃货"。他喜欢各样美食，吃出了情趣，吃出了品位，还整理撰写了一部论述烹饪技术和南北菜点的饮食名著《随园食单》。全书分列须知单、戒单、海鲜单、杂素菜单、点心单、饭粥单、茶酒单等十四个方面，记载了三百多种菜肴饭点，大到山珍海味，小到一粥一饭，味兼南北，美馔俱陈。他以从政为文的独到感悟巧妙阐释烹饪之道，如须知单中写道："学问之道，先知而后行，饮食亦然"；戒单中写道："为政者兴一利不如除一弊，能除饮食之弊，则思过半矣"。据记载，袁枚曾任沭阳、江宁等地知县，为人正直，不避权贵，赈灾减赋，体恤民情，率民治水，关心农事百业，任职期内颇有政绩，四十岁即辞官告归，从此归居随园，过着怡然自得的闲适生活。

袁枚毕竟当过县太爷，"三百金"购置的随园，也不是一般的文人府邸。他的一日三餐有大厨师王小余以及王小余前后的招姐和杨二服侍，也许不用亲自下厨掌勺抡铲，但他的确对美食钟爱有加。传说杭州一个名士请他吃由豆腐和芙蓉花做的一道汤菜，豆腐似雪，芙蓉如霞，清嫩鲜美，色味双绝，袁枚为请教这道美食的做法当场屈尊折腰，一时被传为美谈。王小余死后，袁枚为纪念这位优秀厨师，专门写了一篇《厨者王小余传》。后人评价袁枚对美食文化的贡献，说他是"食文化的专门家和食事艺术家"，是"民族文化深厚的陶冶教养、广博游历与深刻领悟、仕宦经历或文士生涯、美食实践与探索思考"成就了他。

看一些资料发现，不论是古代、近代还是当代，能知味品味的美食家还是以文人居多，技艺超凡的高厨大抵也是有一定文化素养的。那些美食家的故事，高厨们名冠一时或流传后世的烹饪妙法，都是饮食文化闪亮的看点。

二〇一二年二月二十二日于集宁

远方的通辽远方的梦

　　也许连续几天的奔波过分劳累，也许一路所见所闻还在脑海里过电影，从通辽考察回来当夜，我断断续续做了一夜梦。梦境中，我依然在通辽这片广袤的土地上徜徉。千百年来蜿蜒流淌的西辽河，科尔沁疏林草原遒劲沧桑的古榆，孝庄故里花吐古拉淳朴的民风，松辽平原一望无边的熟黄玉米大田，内蒙古民族大学校园里的丁香，还有通辽这座正在崛起的现代化新城……一幅幅画面如同幻灯片般在梦里交替闪过。

　　远方的通辽，千里之外这座曾经陌生的城市，有过我青春时代心潮难覆难平的涌动，那是一段在一剪闲云一轮明月中相隔相顾默默期许的日子。

　　梦中的通辽，科尔沁草原一方厚重的土地，有过我告别故土奔赴异乡安身创业的企愿，那三十多个静夜里辗转反侧的抉择，沉淀下我永远与它失之交臂且再难接续的缘！

　　在通辽的三天，考察活动安排得满满当当，我没有更多闲适时间探幽访友。第二天晚饭后，我出去散步，见入住的科尔沁宾馆旁边就是内蒙古民族大学，忽然想走进校园看看。内蒙古民族大学的前身是内蒙古民族师范学院。二十五年前，我高考填报的第一志愿就是这所大学，但因应考失利，没能收到这所大学的录取通知书。一年后，作为一个怀揣青春梦想的津门学子，我久久徘徊在津南独流减河的西琉城大桥上，为一帧短笺里关于千里之外这所学校的新奇描述，为来自西辽河畔的一声问候和祝愿久久感动。西辽河波光里的一弯月亮，温婉着我的心弦，照亮了我的梦境，每当枕着那弯月亮酣然入眠，梦里就有丁香花瓣开满枝头。

　　那天，我真切地走进这所大学。这里昏黄的路灯，或新或旧的教学楼、实验楼、图书馆和宿舍楼，校区通道两侧高大的松柏，楼间绿地中的一丛丛丁香，幽静小径上匆匆来去的大学生，是熟悉还是陌生，我说不清楚，心里瞬间生发景物依旧流光易逝的感慨。"月朦胧，鸟朦胧，荧光照夜空；山朦胧，树朦胧，秋虫正呢哝；花朦胧，夜朦胧，晚风叩帘笼；灯朦胧，人朦胧，但愿同入梦。"忽然，我想起这首熟悉的老歌，心里不由得泛起一丝缠绵悱恻的惆怅。我想知道，这校园里的一切，等我很久了吗？当我走出学校大门外，再望望天上的月才释然如初。那弯弯的月亮早已随我走向远岸的岁月，渐渐朦胧迷离，似乎很遥远、很遥远了。

　　这次考察，我走了通辽市所辖的科尔沁左翼中旗、扎鲁特旗、奈曼旗、开鲁县，加上近年几次开会或考察去过的库伦旗和科尔沁左翼后旗，几乎走遍了通辽的每个旗县，对每处地方都有一些粗浅的认识。科尔沁草原高天昊昊，苍莽雄浑，人杰地灵，英才辈出，是清代孝庄皇后、抗英将领僧格林沁、英雄嘎达梅林的故乡。西辽河平原广阔无垠，沃土千里，地处"世界黄金玉米带"，是国家重要的商品粮基地。据通辽市农业局局长介绍，二〇一二年，通辽市实际粮食产量近一千万吨。其中，玉米产量九百多万吨，全市仅玉米种植面积就有一千五百多万亩。通辽也是著名的"科尔沁黄牛之乡"，牧业年度牲畜头数接近一千七百万头只。通辽悠久的历史和厚重的文化，孕育了勤劳淳朴、热情好客的人民。通辽人民为建设新通辽、实现率先崛起的目标而拼搏奋进，通辽正在释放着巨大的发展潜能。

秋天是个令人感慨的季节。金色的阳光铺陈在科尔沁草原和西辽河平原上，深秋的通辽大地，温暖、恬静又富有禅意。到通辽三天以来，一种怅然若失的情绪不断地在我的心头泛起。我尽量克制着，想把它压下去，力求平静地面对这里，不露任何声色。考察结束当晚，在接待考察团的便宴上，通辽市委一位负责人无意中给大家讲述了我与通辽的另一段未了的缘。

那是我面临的又一次人生抉择，一直没和同事和亲朋透露过。二〇〇六年底，我接到通辽市委办负责人的电话。电话里说，通过对各盟市熟悉办公室政务工作同行的初步了解，有意向调我到通辽市委办工作，先征询我是否愿意。他说："通辽是一个干事创业的好地方，能给你提供一方用武之地，如果愿意来通辽市工作，对于你个人的事业发展不失为一个新的机会。"

远方的盛情相邀让我怦然心动。之后的一个月，我反反复复查阅有关通辽的资料，了解关于那里的一切，一直在犹豫，不知该如何抉择。我情愿奔赴通辽这方热土，丰富经历，追求自我价值的实现。我认为，他乡，故乡，云雨相间，明月共睹。"人生到处知何似，应似飞鸿踏雪泥"，去了通辽，即便人生地疏，即便山外有山、天外有天，即便自己才华平平，成就一点事业并非易事，但我相信，我能较快适应陌生环境，较快建立起新的人际关系，也能较快进入新的角色勤勉工作。人生如飞鸿，敢于挑战、执着追求的人生才是真正有意义的人生。在异地他乡，我不一定有多大的建树，但能在走过的地方留下足印，我也无怨无悔。

那些天，我几次想收拾行囊，义无反顾地奔赴通辽，唯一让我犹豫的是我年逾七十的老母亲。作为独子，我舍不得，也不能留下母亲。我反复权衡，母亲是家，有母亲在，我还是不能独自远走高飞。

一个月后，我给通辽市委办同志回电话，告知了我的决定。同时，写了一封信寄往通辽表达谢意。

我与远方的通辽有缘还是无缘，通辽是否给我留下一生的遗憾，至此，我很难说清楚，只能把它作为曾经做过的一个梦。每个人一生中都会有梦，这个梦如同植根于心田的幼苗，经过时间的浇灌有可能开花结果，也有可能意外夭折，但无论怎样，都是值得怀念的。

二〇一三年九月三十日于集宁

明月夜，思故乡

昨日进超市购买一周的蔬菜和日用品，拎袋上车时不小心崴了脚。后半夜，左脚闷痛加剧，感觉到脚面慢慢肿胀起来。上午去医院拍完X光片，医生说："一块跖骨裂缝了。"

八岁那年，我上自家屋顶收拾晾晒好的干菜，爬简易梯子时一脚踩空摔下来，有过一次脚踝脱臼的经历，依稀记得，那是真的疼啊！父亲见我的脚掌向里歪了，不到半天时间变得又青又肿，想起四五公里外的后洼子五队有个叫赵树林的老伯伯会手法复位。第二天中午，父亲背起我就去找老人家。我们坐在大门口一直等到傍晚，赵老伯才从田里收工回家。他摸摸我的脚，说："肿成这个样子，强拉硬拽回位会很疼，你们昨天来才对呢。"我闭上眼，他上手处置，只听嘎嘣一声，赵老伯说："好了，对上去了！"为感谢老伯，几天后，父亲专门送去一小篮子鸡蛋。

晚上早早关了灯，明亮而柔和的月光照进来，忽然想到，在这清凉如水的夜，月色下，北方的旷野里一定是莠草苍苍，清露盈盈。再过两天就是中秋节，我觉得"中秋"其实是一个很诗意的词，中秋的情结是种在我心头的一坡莠草，是沉在岁月里的一个长梦。"今夜月明人尽望，不知秋思落谁家。"临近中秋，我对故乡的思念也更为真切，但我拖着一只伤脚，不知道过节那天还能不能回故乡看看。

在去镇里读高中之前，我一直生活在我的家乡察哈尔右翼后旗察汉淖乡四间房村。一九八六年秋天，我帮父母把田里成熟的庄稼收回自家场院，之后攥着民政部天津民政学校的录取通知书，去那个陌生的大城市报到入学。二十岁的我，从此走出家乡，踏入城市。那时候，我的大脑里还没有"故乡"这个概念。从天津毕业后，我先是回到旗民政局工作，生活居住的旗府小镇离家三十多公里；六年之后，我被选调到乌兰察布盟委政策研究室工作；一九九六年下半年，我把家搬到集宁，离家乡更远了。离家渐久，离乡渐远，我才慢慢地有了故乡情怀。

我的故乡是北方山地丘陵间一个半农半牧的小村，有三十几户人家。村里的土房土屋错落有致，每家都有一个小院子，房前屋后有十几株高大粗壮的老榆树。村子当中和村西头各有一口饮水井，村前还有几十亩杨树林，小村不仅空气好，夏秋季节风景也不错。实行家庭联产承包责任制后，父母和村里乡亲养羊、养牛、养马，种植小麦、莜麦、土豆以及少量的谷子、黍子和杂豆等作物。这里是一个静谧祥和的小村，"暖暖远人村，依依墟里烟。狗吠深巷中，鸡鸣桑树颠"，乡亲们虽然不富足，但在我的记忆中，这里的田园生活如同一小幅淡淡的水粉画，单纯、朴实、安宁、亲和，不饰雕琢，不染杂尘。

故乡留下了我人生的第一串脚印，承载了我童年、少年时代的梦想。多少次，我挎上篮子去田头地畔割青草、挖野菜，回院喂养几只温顺乖巧的小兔；多少次，我反复摆弄、细数积攒多日的一分两分硬币，跑进供销社买一盒心爱的十二色蜡笔；多少次，我推开自家土屋那扇小窗，或凝望天上一轮明月，或细数夜空眨眼的星星；多少次，我躺在金黄的麦田里，两眼追逐天上飘忽的白云，憧憬山外未知的世界……我骑着家养的那匹叫"小皮球"的枣红马，走过每一条蜿蜒的小路，走遍了地垄田间、山野草坡。我在父亲的引领下走进村小学开始认字读书，一盏油灯，点亮了我的童心，见证了我的成长。

故乡让我苦涩的孩童时代收获了许多快乐。记得那些年的中秋节，父母给我们姐弟每人分三五颗小槟果，我把槟果放进线织的小网兜里，挂在脖子上，早起闻一闻，睡前闻一闻。月夜，围着村里"打月饼"的土炉灶，踮起脚尖等着盼着，每年都会热闹一次，欢喜一场。过年时，母亲给我做一身蓝棉布新衣裳，我高兴得夜里睡觉都不舍得脱下来。我在村里读书的那间土坯房学校，如今已破烂不堪，可充当书桌的泥台痕迹依稀可见，记得学校门前的那一小片空地，总是荡漾着稚气的笑声和歌声。作家贾平凹在他的书中写下怀念故乡的一段话："回想起在乡下的日子，日子就变得透明和快乐。真正的苦难在乡下，真正的快乐在苦难中。"我常领女儿回老家，但她毕竟没在村里生活过，不知道她对这句话能理解多少。过去的一些事，她这代人体验不到了。

故乡有曾与我一起玩耍、一同上学的小伙伴，有他们在的童年，是不孤单的童年，是纯真无邪的童年，也是人生之初友情萌芽的童年。赵五后生、二有、金全，一个个都是光溜溜的小脑袋，我和他们滚铁环、溜冰车、捕山雀、掏蜂窝，偷拔生产队的萝卜充饥，钻进打谷场的麦垛里捉迷藏，久违的童趣至今历历在目。他们读完初中，十七八岁时陆续走出村子，进城打工闯世界去了。每到春节他们回村，我们几个坐在我家炕头上，抱一台收音机听一首《风雨兼程》："明天我也要登程，伴你风雨行，山高水长路不平，携手同攀登。"我们一边听，一边跟着唱。此时此刻，想想我的这些玩伴早已天各一方，有的四十多年都没见面，我真的好想念他们。

故乡更有我长眠在山坳里的父亲，有父亲的坟头在，故乡就有千万个理由让我一生牵挂。父亲活到六十二岁，几乎没离开过他的那个村子，他生前把自己的墓地选在爷爷奶奶坟头的脚下，永远守着亲情，守着故土，守望着他挚爱的村庄。父亲临终前半年，我把他接到城里看病，那年我刚买了一套五十八平方米的楼房。当天晚上，父亲拖着病弱的身子，在客厅、卧室、厨房、洗手间走了好几遍，这边瞧瞧，那边摸摸，说："这楼房真好，有六个门呢！"父亲去世后，每年清明节我都回老家，沿着空旷山野里那条小路，走到父亲坟前，抚摸那块静静无语的墓碑，我一次次把泪水洒在他的坟头。

置身城市生活多年，我怀念故乡的山山水水、一草一木，一帧帧熟悉而温馨的画面，一直存放在我心底，我常常翻出来慢慢咀嚼。故乡傍晚橙红的夕阳、明净的圆月，村边绿油油的田垄，泥塘夜半聒噪的蛙声，还有绵绵的新雨、纷纷的初雪，都是我四十多年来萦绕心头挥之不去的乡愁。映院溶溶月，吹帘淡淡风，我家的小院儿托起并永远接续着我儿时的梦想，故乡泥土的味道已经深深渗入我的肌肤和骨髓。

借中秋节放假三天，我还是想回故乡走走，回去看看已搬到镇里居住的母亲，看看依然静守在村里的乡亲，我祈望父老乡亲过上更为富足的日子。家乡早已通了电，后来修通了柏油路，乡亲们的生产生活条件改善了，自国家实施脱贫攻坚行动以来，乡亲们或是有了稳定的种植、养殖业收入，或是享受了政策性保障，摘掉了贫困的帽子。三年前，全村的土房在农村危房改造后全部换成了砖瓦房。临近的村子借助火山或草原资源，近几年还办起了民宿旅游。家乡的每一点变化都让我感到由衷的高兴。如今，乡村已经成为人们漫步田园、休闲度假的好去处，我何不常回故乡去亲近自然、拾寻乡愁乡韵呢？

　　我又开灯起身，忍着脚痛走到书案前，铺开宣纸，写下"月是故乡明"五个字，以浓浓笔墨寄托我的一片乡愁。

二○二○年九月二十八日于集宁

第四辑　不变的故土　绵延的亲情

● 我的父母是老实巴交的庄稼人，有一双儿女，我是弟弟，也是养子。

● 我家买下生产队的一头老牛，这头牛过去是役畜，性情极为温顺，年龄虽大，犁地拉车却不惜力。我家无论是在耕种自留地，还是在村里村外拉运一些生产生活用品，都使唤它。由于它褐黄色底毛间的黑花斑隐约可见，父亲给它起了个名儿，叫"花布衫"。

● 故乡的老院儿是我生命的摇篮，是我梦中的呓语，是缠住我心房的藤蔓，是牵扯我一生的念想。

● 在车上，我留意母亲的神态，留心看了看母亲的眼眶，母亲没有伤感，也没落泪。我耳边又响起母亲临行前夜对送行亲友们说的那句话：进城享福去呀！

恩　情

　　我的父母是老实巴交的庄稼人，有一双儿女，我是弟弟，也是养子。

　　一九六五年八月十七日（农历七月二十一日），我出生于乌兰察布盟察哈尔右翼后旗察汉淖公社一个叫大红沟的小山村里，是母亲生下的第五个孩子，第四个儿子。那时候，农村缺吃少穿，生父母养育的孩子多，家境自然是极为贫穷，又有一个儿子挨肩儿出生，生母因营养不良而无半点奶水，给我喂面糊糊又怕喂不活。生父说，送出去吧，让他逃个活命。生母心如刀割，泪水涟涟，看着刚生下的儿子拿不定主意。生下来的第三天，生父把我从土炕上抱起来，裹上用旧衣旧布缝制的被单，我便开始了人生第一次"远行"。我要去的那个新家，在十公里以外的地方，一个用土坯房的间数命名的小村，这个村叫四间房。

从那天起，我有了新的父亲和母亲。一个还没起乳名的新生儿，就像刚刚出土的苗芽，从一块田里被移栽到另一块田里，我不会知道自己能不能存活下来，更不可能懂得对于我来说这意味着什么。现在我可以想象到，那时我的双脚不停地踢蹬，我睁大眼睛看这个未知的世界，一定是一片懵懂，左顾右盼所有来看我的人，一定又是那么陌生。

邻里说，我是吃牛羊奶度过乳儿期的。生产队一头能挤奶的母牛病死，母亲为此大哭一场，茶饭不思，父亲手足无措，为借一瓶奶整天东村问西村跑。二十多天后，父亲好不容易觅见邻村一个大伯家养的一只奶山羊，央求半日才借回家来。山羊下奶也不多，我勉强能吃个半饱。

在七岁那年的春天，我患了严重的猩红热病，连续几天高烧不退，偶尔惊厥妄语、神志不清，鲜红的疹子弥漫全身。父母说，我的这场病持续了近一个月，如果抗不过去，命就没了。当时，母亲为我换了一身蓝色条绒布新衣，守在我身边默默落泪，父亲蹲在灶台旁，一边吧嗒吧嗒吸旱烟，一边唉声叹气。他怕呛得我咳嗽，吸一口烟低一下头，把烟吹进灶膛里。

我家有早年守寡的奶奶和没分家的叔婶，是个三世同堂的大家庭。有十几口人，就有十几张吃饭的嘴，家境比村里其他人家更为穷困。遇到灾年，还要吃公社从外省调运过来的红薯干、糖菜丝等救灾食物。春夏季节，田野里的苦菜、嫩沙蓬等野菜成了充饥的家常便饭。二姨家能接济少许白面，父母就留着给我做馍，他们和奶奶、姐姐吃玉米面窝头或粗糠窝头。备受父母怜爱的我，没能真正懂得穷山村里农家生活的艰难。稍长大后，下田里帮衬父母干农活的时候也不多。不过，我的到来、我的成长给这个家庭带来了特殊的意义，养父母不仅让我活了下来，还培养我成为这个家庭第一个读书人。从我记事起，父母就常常教育我要好好识字读书，还给我讲做人做事的道理。从他们慈祥的目光中，我看见他们想让儿子快点长大成才的殷殷期盼。

家庭联产承包责任制让农村告别了饥饿，也改变了我家一贫如洗的状况。责任田打的口粮多了，父母还养了十几只羊，剪羊毛卖点儿钱可用作家庭开支。儿时有几个同伴，初中还没毕业就早早辍学，或帮父母打理农田，或外出务工，我有幸顺利读完初中，又考上旗第二中学读高中。旗二中在离家四十公里远的土牧尔台镇，我需要离家去住校。

听说住校生活艰苦，但我还是按捺不住激动和兴奋的心情。父母既欣慰又担心，母亲把我的旧棉裤布面翻过来重新染色，又絮上新棉花，还给我缝了厚厚的被褥。怕我在食堂吃不好，临行前一天，母亲烙了半布袋白面饼让我带到学校做干粮。

父亲执意要送我到学校。那时，班车隔一天跑一趟，如遇刮风下雨，说不通车就几天都不通。到了去学校报到那天，我和父亲一早就在家门口等班车，最终还是没等来。父亲和供销社卡车司机好说歹说，人家才勉强同意让我俩搭车。卡车驾驶室里坐不下，我和父亲就坐在装满皮张的货物上面，两手紧紧抓着捆货的大绳。土路坑坑洼洼，我俩在高高的皮货顶部颠簸晃荡，两个多小时后才到达土牧尔台镇。

父亲下车，背起重重的行李，手里还提着二三十公斤白面，我的臂弯夹着半袋干粮和住校用品。到学校报到注册，办理住校手续，学校分配我住进一号宿舍。在家极少铺床叠被的父亲，仔仔细细地铺好草垫子、皮褥子，整理好床单被褥。因为累，本就患有肺气肿病的父亲脸色黑紫，眼睛微凸，额头渗出汗珠，还不断喘粗气。歇了片刻，父亲斜倚床铺沿儿，拍拍袖子和手上的尘土，从怀里摸出五元钱递给我，我不要，他硬是塞进我的口袋。中午一点多，父亲领我走进校园附近街口的一家国营饭馆，给我要了一碗两角八分钱的羊肉汤面，却没舍得给自己另要一碗，只是坐在饭桌边，啃一块从家里带的玉米面锅贴。那是我第一次走进这个全旗"有名"的小镇，多少年来，吃那碗面的情景一直留在我的记忆里。

　　那天下午，父亲要搭上同乡熟人来拉煤的马车返回，我忽然间觉得，我真的要离开父母亲自己生活了。望着父亲穿过火车轨道走向煤场的背影，我想起朱自清的散文《背影》，刹那间泪水涌满双眼。后半晌起了风，风旋尘扬，我寻思，父亲坐在煤车上，至少要走五六个小时到天黑才能回家，他会被煤砟子扑荡成一个什么样的"黑面人"呢？

　　我顺利读完高中，但高考落榜了。一个多月，父母没有让我下地劳动，特别是父亲，一直悄悄留意我的情绪。那些天，从来不吸烟的我偷偷买来廉价香烟，一支接一支地抽，父亲看见也没有责怪。一天半夜，我似睡非睡，父亲把两包香烟放到我枕边，摸黑打扫了满地的烟蒂。他们知道我内心的苦楚，也知道我不甘心名落孙山。当我决定去旗中学复读时，父亲其实早就帮我把行李收拾好了。

　　一九八六年秋，我接到天津一所部属院校的录取通知书。父母心里高兴，家里又是碾糕面，又是压粉条，母亲还宰杀了两只下蛋的母鸡为我庆贺金榜题名，他们盼儿子学有所成的愿望终于实现了。临行前，父亲凑足了一个学期的费用递到我手里，带着遗憾又内疚的口吻说："原想送你到天津，但琢磨半天，还是不去送了，一是到大城市我也找不见门头夹道，二是来回的盘缠也不少，省下点，你到天津买件衣服，到学校补贴伙食。"起程那天，父亲还是想送我一段儿。我俩先坐班车到白音察干镇，又坐火车到集宁车站，他一直等到夜里十一点多，把我送上了列车。

　　父亲返回去了，他和母亲继续节衣缩食辛辛苦苦供我上学。每个假期回家，我都发现父母憔悴、苍老多了。快毕业时，父母希望我分配回原籍，我也欣然"从命"，回到家乡旗政府所在地工作，也算是留在他们膝下。我想，这样也好报答父母的养育之恩。

　　一晃五年过去了，我成了家，也当了父亲。初成家时，父亲把家里新一点的木柜子、炕毡、火炉搬到我在城里租住的房子里，专程从乡下提来胶泥给我抹炕灶。每年到我生日那天，父亲就提些家乡的米面肉食来，说："你妈反复叮嘱你，不要忘了过生日。"我的女儿不到半岁的时候，父母为了不影响我和爱人上班，就把孩子接回乡下抚养，承担着本不该由他们承担的重负。

　　单位工作很忙，自调到旗委办公室当秘书后，我回村的次数更少了。随领导下乡路过家门口时，几次想让车子停下进去看看父母，但总觉得不方便张口。父亲说："咱是农民的孩子，在外无依无靠，做人要诚实，做事要踏实，吃饭要靠本事。"他还说："工作责任大，安心忙你的正事，家里头不用你惦记。"每次抽空回去，看见父母花白的头发和粗糙的手，看到父亲渐渐弯下的脊背和母亲额头的皱纹，就不由得黯然落泪。当父亲掏出叠得皱巴巴的零钱执意为我买返程汽车票时，我的愧疚和自责便在心头弥漫，一路上像有一块石头压在心口。父母对我的恩情重如山，深似海，作为儿子，我能给他们的太少太少了。正如一位与我一样出身农家的诗人写出的感受一样，我与父母的短和长，纵有八十架算盘，又怎能算得清呢？

一九九三年七月二日于察哈尔右翼后旗

放 马

在我十二岁那年，父亲决意辞了村干部，在生产队揽了个当马倌的清闲活儿。暑假里，我几乎天天跟父亲到山野里放马。

每天清早起来，我怀里揣一张母亲烙的白面饼或玉米面锅巴，再灌好一壶水，就和父亲赶着马群、踏着晨露出村了。父亲骑马，我不敢骑，只好捉来一头毛驴当坐骑，没有鞍子，就把旧棉袄搭在驴背上充当鞍垫。刚开始骑驴那几天，毛驴不听吆喝总是乱跑，怎么拽缰绳也拽不住，有时把驴拽犟了，一尥蹶子就把我撂下来。后来，父亲在驴脖子上挂了一副打腿绊，驴才规矩多了。到了山野里，可以挖野韭菜、山丹丹，还可以挖大黄鼠。我每天都带一把铁锹，用绳子系住锹把儿两头，再把锹和军用水壶交叉背在后背上。随马群出发时，觉得自己就像电影中行军打

仗的小八路，十分神气，只可惜身下骑的是头毛驴。

放牧的草坡在村子东南方向，离村有三四公里，虽然远一些，但也算宽阔。把几十匹马赶到那里后，它们在绿油油的山野悠闲地吃草，除了中午把它们赶到小河边或水坑饮水外，几乎不用再多撵多管。

在野外，我最害怕蛇。野地里布满大大小小的莲针（野生柠条）墩，里面常会窜出约一米长的蛇，多数蛇身上有花纹，乡里人习惯称其为"菜花蛇"。父亲做过车把式，鞭子甩得响，功夫也硬，一旦发现毒蛇，根本就不用下马，骑在马上一鞭子甩下去，蛇抽搐一阵，十几秒内就会殒命，有时当即就断为两截。回家后，我向姐姐夸耀父亲甩鞭子的功夫，读高中的姐姐讲，蛇是自然界维护生态系统平衡的有益动物，如果食物链上少了蛇，老鼠就没了天敌，草场、农田就会鼠害泛滥成灾，乡村田野的生态系统就会受到破坏。我把这个小知识讲给父亲听，父亲似懂非懂地点点头。从此，父亲和我再没伤害过一条蛇。

也许因为当了二十几年生产队、大队干部，父亲对当好马倌放好马有一种责任感；也许因为是农民，对拉车犁地助力生产的役畜有一种天然情感，他既懂马又爱马。在野外，父亲隔几日就换一处水草丰盛的草场，让马儿吃上更新鲜、更可口的牧草。当马儿吃饱休息的时候，父亲用钢梳子一个挨一个给马刷毛。每晚回村后，父亲都要给个别羸弱病残的马加喂饲料。因此，父亲放的马个个膘肥体壮，毛色油光润亮。

我随父亲放马，更有一件件山野趣事让我至今记忆犹新。

挖蜂窝是一大趣事。野生大黄蜂往往在废弃的鼠洞里筑蜂巢。蜂巢是指头大小的五六十个蛹壳粘在一起的蜡状球体。在满山遍野花开的时节，黄蜂在每个壳里都吐了满满的蜜。挖蜂窝的时候，有的黄蜂正好窜出洞，有的不顾"危险"还想钻进洞，它们绕着我的脑袋嗡嗡乱飞，伺机蜇我一下，我的眼皮和手指头都被大黄蜂狠狠地蜇过。即便这样，贪吃的我根本顾不上这些，总是挖一次还想挖第二次，那蜜，甜得醉心。

我和父亲常去放马的地方，绿草茵茵，鸟语花香，遍地都是野葱、野韭菜、山丹丹等可食的植物。炎炎烈日下，我一个人在山野里跑来跑去，低着头或蹲下身，专心致志地寻觅，流连忘返，其乐无穷。记得山野里有一种草本植物，雨后结果，果实有拇指大小，两头尖中间鼓，呈浅绿色，我们称其为"奶瓜瓜"。这种植物甜嫩香脆，奶汁丰富，多吃几个也不会坏肚子。有时，我能摘一大堆，吃不了就脱下小褂包住，用袖子挽个结系在父亲的马鞍上，待晚上回家后跟家人和村里人分享。

放马的日子里，我最喜欢夕阳西下牧马归村的那一刻。每到傍晚，马儿肚子吃得圆圆滚滚，不再随意乱跑觅食。父亲把两根手指放到嘴边，打两三声尖尖悠悠的口哨，他骑的那匹枣红马就会跑过来。父亲拴笼头的时候，马儿用脸蹭他的手臂，鼻子喷出热热的气息。我光着脊背，和父亲赶着马群踏上牧归的小路，那急于回村的马一路小跑，蹄声沓沓，随后扬起一片尘土，头马在前头引路，边跑边仰起脖子长嘶一声。再望望远处，黄昏余晖里，我的小村炊烟缭绕，那是一帧绝好的乡间风景。

半个月后，我学会了骑马，骑在一匹青白色的高头大马上，成了一名"骑士"。清晨出村或傍晚回村时，我和父亲一左一右追逐围赶奔跑的马群。但没过几天，假期结束了，我回到乡里的学校，心里还真有点留恋。

父亲放了三年马，我跟着父亲断断续续地当了两三个月的小马倌。自我离开乡下到土牧尔台镇再到外省读书及至参加工作的这些年，很少有时间回村里小住几天，即便每年回去几次，大多也是回得匆匆，走得匆匆，再没到那山野里去过。我随父亲放马的一件件趣事令我至今回味无穷，觉得这既像梦，又像画，也像诗，只不过那天真烂漫的少年时代已经一去不复返了。

一九九三年十月十六日于察哈尔右翼后旗

七狼山情思

　　七狼山是我家乡的一座山，出我家院门往东走四五十公里就能到达七狼山脚下。这座山虽然算不上雄伟挺拔，远望近看都有些贫瘠荒凉，但在周边十里八村，它也算一座较大的山。传闻过去这一带人烟稀少，山上山下经常有野狼昼伏夜出，农家的羊不是被叼走一两只，就是被咬死一大片。记得小时候，奶奶常拿"狼来了"吓唬二叔家夜哭的孩子，但这山名究竟是不是由此而来，恐怕谁也没去考证过。

　　最早上七狼山，是我七八岁的时候。冬天，父亲赶着勒勒车上山砍柴，我跟着父亲上山玩耍，偶尔也帮父亲收拾砍下的山柴。勒勒车，又叫牛牛车或大轱辘车，在二十世纪六七十年代，仍是北方牧区和半农半牧区常见的运输工具。我家买下生产队的一头老牛，这头牛过去是役畜，性情极为温顺，年龄虽大，犁地拉车却不惜力。我家无论是在耕种自留地，还是在村里村外拉运一些生产生活用品，都使唤它。由于它褐黄色底毛间的黑花斑隐约可见，父亲给它起了个名儿，叫"花布衫"。

我身上围件旧皮袄，背靠着勒勒车上的芨芨草囤围，稍稍可以遮挡一下山野里的寒风。父亲一边吆喝"花布衫"往前行走，一边轻声唱起一段二人台小戏《走西口》："咸丰正五年，山西省遭年限，有钱的粮满仓，没钱的人儿受可怜……"父亲唱得很低，后鼻音重，正是祖籍山西雁北那边的腔调。爷爷奶奶年轻时从雁北走西口来到乌兰察布盟（今乌兰察布市）大后山定居，几年后生下父亲。上一辈人生活的艰辛，自然也延续到他的生命里。我知道父亲能拉会唱，年轻时在大合作社的剧团里拉四胡，有时还兼二人台男主角，但在我的记忆中，很少听他这样专注地唱上一段。

车到山前，父亲给"花布衫"卸了套，任由它随意走动，它也不往远处跑，只在勒勒车附近啃食雪地里干枯的野草。父亲提着砍刀和布袋麻绳，领我爬上半山腰，钻进沟谷山缝。那里有生长多年已经凋萎的灌木，把灌木粗根砍下拉回家，就是可以取暖、煮饭的生火柴。

虽然是冬天，七狼山向阳的石崖下却也暖和。我在山上捅雕窝，到处寻找奇形怪状的巨石。那巨石，有的如佛指、如驼峰，巍然耸立，直插苍穹；有的如猛虎、如雄狮，凌风傲雪，俯瞰山下苍茫的雪野。我看见天上总有一只孤独的雕在盘旋，它偶尔会落在山顶突兀的岩石上，停一会儿，再飞过山脊，或俯冲进山坳，似乎是想飞回隐在山崖缝隙中的窝。从早上九点多一直到下午三四点，我不吭不响地玩，非但不觉得寂寞无聊，反而玩得津津有味，乐趣无限。身子冷了，我就蜷缩在石崖下暖和一会儿，或拣来干柴点火取暖。有时，沿着山腰窄窄的曲径爬上山顶，找一块平整巨大的岩石，一坐就是三四个小时。山下不远处，有个叫"察汉淖尔"的小淖尔，淖尔早已结冰，在冬阳的照耀下莹白晶亮。中午时分或临近傍晚，山下几个村子升起袅袅炊烟，我心里便有一种无限风光尽收眼底的惬意。那时，我着实是一个山里娃，没去过村子十公里外的地方。在年幼的我的心里，这样的风景是我对家乡美的最初印象。

只要有豁牙四大爷上山，我便有了更多乐趣。他是村里的羊倌，一个五十岁左右的小老头，也是我家隔墙的邻居。四大爷有不少手艺，如炒莜麦、编箩筐、熟皮子、擀大毡等。他性格开朗，也很热心。见他上山来，我就寸步不离，看他砍柴，缠着让他讲故事。他能讲很多故事，比如《呼延庆打擂》《薛丁山征西》等，究竟是他瞎编的，还是或多或少有点史实依据，当时的我也不懂。他也讲一些民间的奇闻趣事，多半是从别处听来又经他自己加工演绎的。有时，他讲得兴奋了就会高声唱上一段，前面还另加几句"头字谣"道白，念叨起来朗朗上口："四老头，疤癞头，腰上系根麻绳头，手提一把大斧头，上山头，砍柴头，哼！哈！两斧头，砍下了我的脚趾头！"

念完唱完，他总是爽朗地哈哈大笑。四大爷经常上山砍柴，没听说他的手指头、脚趾头被砍伤过，不过他小时候头上生过疮，脱了帽子后，头上的疤癞很明显。

父亲比四大爷小十几岁，但他不像四大爷这样快乐无忧。父亲是生产队的队长，也是操持我家老老少少十几口人生计的当家人，多数时候，父亲比七狼山还要厚重沉稳。记得有一次，积雪覆盖了村里通往七狼山的小土路，我和父亲拉上山柴返回时，勒勒车右侧轱辘滑进一尺深的沟渠，车身一下子侧翻过去，满满一车山柴倾倒在雪地里。我俩费力扶起车，花了大半天才重新装载好山柴。父亲若有所思地说："上山砍柴先找树，赶牛拉车要看路。"如今回想起来我才明白，这也是做人做事要遵从的一个原则。父亲用浅显的话讲了一个意味深长的道理，无论做什么事，都要少一些盲目，多一些预见。

有好几个冬天我都跟着父亲上七狼山，一冬就上好几次。头几次上山，玩的时候多，后来再上山，不仅能帮父亲收拾山柴，还能牵回"花布衫"套车、装车。父亲砍回的柴在院子里一集一大垛，码得整整齐齐，我家冬季一直不缺柴烧。那时，村里人买煤很不方便，要赶牛车、马车到二十多公里远的乌兰哈达火车站煤场去拉煤，多数人家也没有钱买煤，只好上七狼山砍些山柴生火御寒。

农村实行家庭联产承包责任制后，我家和乡亲们的生活状况一年比一年好。到了冬天，全村人家取暖都开始烧大块煤，再也不用上七狼山砍柴了，这个挨冻受累的辛苦活儿渐渐成了记忆中的事。四大爷如今已年过七十，老伴儿早早离世，他鳏居多年，原先尚存的几颗牙也掉得不见一颗，但身子骨还算硬朗，一直给村里人放羊。他穿一身便宜布料的西服，里面却穿着对襟棉袄，这"不伦不类"的搭配让我感到既好笑又怜悯。他憨憨一笑，满脸难为情地告诉我，乡里的小门市部只卖这年轻人穿的衣裳，他没打搅裁缝做旧式衣裤，就买了这样一身凑合着穿，也算是活几天年轻。

我知道七狼山是一座极普通的山，但它是我家乡的山，是我心目中家乡的一个象征。多年来，我一直想以七狼山为生活素材写点什么，把我对家乡的怀恋写进去，把我的思乡情结写出来，直至今天，我才写下这短短几页文字。自从离开家乡后，每年冬天，我总会有一两次从城里回到乡下，回到父母亲仍然居住的那个村、那个院，回到我的那个家。站在老院大门口，我一再凝望披着皑皑白雪的七狼山，仿佛又坐上了颠簸的勒勒车，又偎靠在"花布衫"身上，感受它充满力量和灵性的生命的温热，仿佛又听见雪地里勒勒车吱吱作响。七狼山，你是我走出童年的见证，承载了我童年和少年时代太多苦涩却美好的记忆。如今，七十岁的四大爷、我的父母还有我的乡邻依然在你的脚下辛勤劳作着，依然平和、知足地生活着，你是他们一生舍不去、放不下的眷恋。七狼山，你在我的梦中萦回，让我深深思念，你给了我坚韧的力量让我不断前行，你是我生命中永远的根、永远的魂。

一九九四年七月七日于察哈尔右翼后旗

二兰虎沟往事追记

端午那天，我从城里回乡下看望父亲。父亲受肺心病和肝病的双重折磨，说话时停时续，声音也很微弱，已经体力不支。我和父亲坐在炕头，他念叨起我早逝的二叔，讲起我过去一直没听过的他和二叔的童年往事。

出生于二兰虎沟

察哈尔右翼后旗韩勿拉苏木有个二兰虎沟（意为斑驳的山沟）。这个小地方，除了被国内考古界专家学者关注过之外，听说过这个地名的，不会超过几百个人。这里有东汉晚期拓跋鲜卑部落南迁匈奴故地后生活的遗址，一九五〇年，出土大量具有鲜卑特色和中原文化特色的文物，有夹砂陶罐、铜釜，有二虎食鹿、卧马等铜饰牌，有玛瑙珠、翡翠珠饰，也有铁剑、铁镞等武器。其中，中原文物有汉字铭文"长宜子孙"镜，铜铃铭文有"大吉"二字。二兰虎沟，这个有着悠久历史和深厚文化的地方，与我的祖辈父辈也有着一段不解之缘。

中华民国初期，这里属察哈尔正红旗。山西中北部各县饱受灾荒之苦的农民，一批一批向口外迁移逃荒。有一年，天镇县水桶寺一带的两个青壮年男子背着行李，靠两辆手推车驮载着箱箱柜柜和几样农具家什，步行穿过长城豁口。他们挈妇将雏，沿一条从未走过的崎岖小路走向关外，走进阴山北麓低丘草原，在一处冬有暖阳、夏有清风水草的沟畔，两家老小几口人落下脚来。这个落脚地就是二兰虎沟，包容的当地居民没有驱赶"走西口"过来的两个可怜家庭。他们两家合伙买了两头牛，在稍算平坦的地方开出三四亩地，垒建了两间土坯房，想在这里度过饥荒，并期望能繁衍生息。

其中一个年纪较轻的男子，就是父亲的父亲，我爷爷。在可以种粮果腹的二兰虎沟，爷爷奶奶生下第二个女儿，生下父亲和二叔。父亲出生于一九三六年春天，二叔比父亲小两岁。当地有个"算命先生"说，父亲长大一定精明能干、人缘甚广，还说他六岁时会有一场大病，十四岁时会有一次和大畜有瓜葛的意外之灾。爷爷奶奶也迷信，为让父亲躲过这两场病难，给父亲取了个乳名，叫"狗子"。"狗子"意味着没人稀罕，越没人稀罕，越可能命旺寿长。

父亲六岁那年相安无事，十四岁时，奶奶整整一年没让父亲骑马，家里本想搭建牛棚，也往后推了一年。

父亲说，爷爷不想让长子成为"瞎汉"（文盲），于是他九岁时，到邻近一个大村子读了一冬天私塾。但二叔除了自己的名字，再连半个字也不认识。

苦涩的叮当声

在二兰虎沟畔，春天里一个垄耕场景，父亲带我走进他和二叔苦涩的童年岁月……

那天清早，阳光照进山沟里，格外温暖，坡下农舍沐浴在晨阳中，开春的融雪水从半山腰慢慢渗下来。矮树桩上，一只布谷鸟被几声犬吠惊起，飞在空中继续啼鸣催春。不一会儿，炊烟袅袅升起，土坯砌筑的农舍虽然低矮，但与山里一层薄薄的雾气和枯黄的草坡，与二兰虎沟的土埂沟汊分外和谐。

播种季节到了。爷爷耙地时，山沟里窜出一头野狼，惊了拉耙的耕马，耙钉在爷爷的小腿肚上穿了个窟窿，爷爷的小腿青紫青紫，敷了好几天草药都消不了肿。爷爷知道，人误地一时，地误人一年。爷爷下不了地，只好骑一头毛驴，带着两个儿子在半山坡一小块地里播谷。

那年，父亲九岁，二叔七岁。二叔牵着老牛走在前面，父亲在后面托起木耧手柄左右摇摆。老牛拉耧，不时扬起鼻子低沉地长哞一声。爷爷的腿上裹着白布条，骑着驴跟在木耧旁，嘴里不停地模仿耧上铜铃发出的叮当声。

"叮当、叮当、叮当……"随着爷爷有节奏的指点，父亲吃力地摇着那张木耧，脚下已耙糖过的土地，划出三道湿湿的印痕……

"星星"

父亲讲起另一段往事，眼里噙满了泪水。

一个夏夜，月明星稀，二兰虎沟在银色月光的笼罩下显得格外宁静。

有个大夫模样的人背着小药箱，从沟畔一间农舍出来，骑马径直向草地深处走去。

爷爷又得病了，脖子上起了血痈。这个病在乡下俗称"砍头疔"，意思是这病极其难治，加上那个年代缺医少药，一旦患上死亡率很高。爷爷脖子上的脓包变大的时候，又痛又胀，疼痛难忍时，父亲伏在爷爷身上，用嘴一口一口给爷爷往出吸脓血。

屋前屋后空气清新，弥漫着一股淡淡的草香味，偶尔能听见秋虫唧唧啾啾鸣叫几声。爷爷拄根木棍走出小屋，佝偻着身子向不远处的庄稼地挪动。他在地边停下来，额头渗出豆粒大的汗珠。

爷爷两眼直直地望着前面。庄稼地里，有两个小白点在蠕动，是父亲和二叔在田垄里锄草。蚊子叮在爷爷的脖子上，爷爷浑身筋肉一阵抽搐。不一会儿，小白点近了，"嚓——嚓——嚓——"锄头在沙土地里擦出的声音也近了。

奶奶走过来扶住爷爷，嗔怪他："你呀你，说是在门口溜达几步，咋又走了这么远！"

爷爷不回头，眼睛也不眨，依旧望着月色下两个穿小白衫锄地的孩子。

爷爷说："我想看看'星星'。"

山的儿子

山里的农家苦，但苦中也有温馨，有童真，有趣味。父亲又讲了一段往事，眼眸里闪出一连串亮光，那里面似乎有怀念，也有一丝酸涩……

二兰虎沟进入隆冬时节。

傍晚，天空铅灰色的帷幔抖落厚厚的一层雪。风并不大，塞外山野一年里最极端的寒冷，直逼得草木止咽，万物噤声，树枝的骨节似乎也被冻得发出啪啪的暗响。大群山雀被风雪裹挟，急速地飞来卷去，在山里寻觅归巢。二兰虎沟变成了一条翘首摆尾的白色长龙。

"吱吱、吱吱、吱吱"，山旮旯里传来细碎的踏雪声，由远到近，越来越清晰。不一会儿，雪雾里，从沟口隐隐约约走出一个十多岁的男孩，那是背着一大捆山柴的父亲正往家的方向走。父亲的头顶、两肩还有背着的山柴上，雪花足有一寸厚，小皮帽只遮了他多半个脸，嘴里呼出的热气在皮毛上凝结了雪白的霜。天更黑了，父亲背着柴，一步一歪吃力地往前走，小毡靴在雪地上留下深深的脚窝。

不远处，他看见了小屋微弱的灯光。

父亲放下柴捆，推门进来。灶前，奶奶在添柴烧饭，灶火通红通红。她站起来，返身给父亲解开帽带，拍落帽子和他身上的雪花，轻轻揉搓他冻得紫红紫红的脸。

二叔蹲在地上正鼓捣着什么，见父亲进来，也凑过来给父亲暖手。父亲的皮坎肩里，像变戏法一样露出几尾美丽的翎羽。二叔跳起来，惊喜地嚷道："沙鸡，沙鸡，我要沙鸡！"

父亲和我说，那些年，山野里有很多沙鸡、百灵、画眉和山雀。每当大雪覆盖山野时，沙鸡和其他飞鸟就很难在地面找到草籽啄食。父亲和二叔用细细的马尾丝做成套索，固定在湿泥球上，再一个一个放到屋外冻好。去野外砍柴时，用脚在雪地踢开一片片湿土，把带套索的泥球埋进去，再在泥土上面撒一些秕谷。很多飞鸟落下来觅食，有贪食的、警觉性差的、不够机灵的就会被套索套住。他俩一天能套很多只，有时候能套一箩筐。沙鸡足有四两重，放进灶膛里烧熟了吃，是山里孩子最奢侈不过的美味。

一九九七年六月十六日于集宁

老家的院儿

　　姐从乡下来城里，晚上和我的妻子闲聊时，无意中提到上个月老家下了一场暴雨，洪水从村东头山沟里冲下来，刹那间冲进村，把母亲住的老院儿的一段土院墙冲塌了。听了这话，我躺在床上辗转反侧，几乎一夜没能睡着。

　　老家的院儿至少有五十多个年头了。院儿的长、宽都有三十多米，方方正正，土夯院墙，正南开门。院儿里原有四间正房和一间堂屋，都是低矮的土坯房，父母和已成家的三个叔叔各住一间，早年守寡的奶奶随我的父母一起住。二叔过世，三叔、四叔先后搬了出去，之后的很长一段时间，奶奶和我们一家四口，还有二叔的两个遗孤一起住着。院儿东侧用土坯矮墙圈了一个小菜园，夏天能种几垄蔬菜，冬天能储存干草和庄稼秸秆；靠西盖了几间羊舍和牛棚。包产到户后，家里最多养过四五十只羊、两三头

牛和一两匹马。那些年，秋季打回的青草要在院子里晾晒。秋收后，洒水压实院内的虚土，可以碾打糜子、谷子、黍子等杂粮作物，院儿也就成了一个小型打谷场。父母、姐姐和我在院子里剥蚕豆、捋谷穗、打连枷，用黍子秸秆绑扎笤帚……秋日暖阳下农家小院的劳作场景，至今仍历历在目。记得连枷板在空中忽上忽下翻动，把连枷杆用力往下一甩，稳稳地击打在禾穗上，秸秆的碎叶、碎屑就地跳跃飞溅，"啪、啪、啪"，院子里的连枷声响亮而有节奏，如果房前屋后的邻里也在打连枷，这声音就在村子里此起彼伏，久久回荡……

在我十三四岁时，房子重新翻修，翻修完依旧是土坯房，但加高了两尺，有两间房加宽了，还把麻纸小窗户换成木框玻璃窗。当时，人们把这种玻璃窗称作"九大眼"或"十二大眼"（九块玻璃或十二块玻璃），有了这个，已算是村子里上好的房舍。再往后的那些年，因姐和我都外嫁或外出，父亲的体力也一年不如一年，村里人盖了不少砖瓦房，但我家的房子再没翻修过。

院儿老旧了，五十多年的院墙再也禁不住风吹雨打，不断地开裂塌陷。十多年前，父亲的肺心病加重，有两年隔三岔五输液，液体瓶堆了一大堆，母亲垒砌这些瓶子堵塞墙上的豁口，再糊上泥巴，堵得整齐又结实。近几年，院墙又不断塌下，母亲挖出村小学旧址残留的基石，一块一块搬回院里，不停地修修补补。我知道，村里其实很少发洪水，大暴雨也是十年八年一遇。但今年雨多，终究把一段院墙给冲塌了，恐怕也不好再小修小补了。

院儿虽老旧，可那是父母一锹土一把泥砌起来的，最要紧的是，母亲还住在这院儿里。过去储存粮食杂物的空房和西面几间棚圈里没有灯，父亲安排后事时，把电线拉过去，安了灯，为的是母亲坐在炕头上一拉灯绳就能从窗户玻璃望见院里的一切。自父亲身体虚弱不能劳动后，家里也不再饲养牲畜了，棚圈的墙体开始倾斜，母亲在里面存放树枝、柴草等杂物，见她每天进进出出，父亲实在放心不下，只好找了两根粗木桩顶着。院门，其实没有门，只是土坯砌得两个垛头，夜里总有别人家的牲畜进院偷吃干草作害院子。父亲知道自己没几天时间了，让四叔到镇里用钢筋焊了两扇门回来安好，说他一旦走后，母亲再也不用夜间出去撵赶牲畜。母亲说，父亲离世前一天，就是我从镇里赶回家的那天上午，他让四叔背出去，亲自看了看两扇门安结实了没有。次日清早，叔叔们在院儿里帮我家碾庄稼，父亲最后看了看这个院子，又环顾这个家，便永远离开我们，走进了另一个世界。

院儿里过去没有水井，虽说村里人共用的井离家不远，但母亲老了，挑水越来越吃力，尤其是冬天，井口总是积起厚厚的冰。我担心母亲有个闪失，几次想在村里雇个挑水人，可母亲怕花钱，坚决不同意。父亲离世后的第二年，我有一次回去给三叔留下几百元钱，让三叔请来外乡专门打井的人，在小院儿里打了一口压水井。有了水井，母亲除了吃水方便，还能在菜园里种几样蔬菜。回去看望她时，她总给我拿几把菠菜、大葱，再拿上几颗南瓜。母亲说，在城里买人家的菜太贵，自己种的菜不上化肥，好吃。

老家的院儿给我留下了太多的童年记忆。我至今感念儿时栽下的两棵杨树年年最早吐露新芽，感念盛夏时节梦乡中村西头水洼的一夜蛙声，感念中秋之夜洒满小院的溶溶月色，感念大雪封门时屋檐间飞上飞下的鸟雀。如今我已年近不惑，只有这童年的记忆永远忘却不了，且丝毫没让我感到沉重。这段记忆是阳春三月小院里暖暖的阳光，时时给我真切温馨的回味。故乡的老院儿是我生命的摇篮，是我梦中的呓语，是缠住我心房的藤蔓，是牵扯我一生的念想。

此时，我不知母亲是不是又在生火做饭了。我想起老院儿房顶上升起的那缕炊烟，想起堂屋东南角母亲抹来抹去的"洋灰"面灶台，我好像看见母亲掀起锅盖，端出一笼热腾腾、香喷喷的农家饭，蒸莜面、焖土豆，那是多么纯正地道的内蒙古后山味啊！蒸熟的南瓜和豆角，新鲜、甜润、绵香，那香味弥漫全屋，飘出家门……我好像又听见母亲在唤我："儿啊，回家吃饭……"

半夜里，我睡不着，想念老家的院儿，也想起杜甫的《茅屋为秋风所破歌》："八月秋高风怒号，卷我屋上三重茅。"我在床上坐起躺下，躺下坐起，越想越为自己为人子却尽不到孝心而感到深深愧疚。我住在城市的楼房里，风雨不动安如山，但在那些刮风下雨的日子里，却没多想想母亲住得好不好。现在知道院墙又塌了，这让六十八岁的老母亲再怎样垒墙砌院呢？

我决计近日再回老家一趟，为了那段院墙，更为了回老院儿陪母亲住上几天。

二〇〇六年九月二十一日于集宁

新年礼物

二〇〇八年新年，刚过十六岁生日的女儿寄给我一份新年礼物。这是一张自制的精美贺卡，从城里的一中寄到我的单位。

我想象不出女儿花了多长时间构思并制作这张贺卡。对折好的硬卡纸，系着彩色丝带，封面的水彩画简洁明快，蓝蓝的天空，明丽的阳光，杨柳刚吐新芽，盎然春意扑面而来。画面上，一个活泼可爱的小姑娘提着心形的篮子，篮子里装满金黄色的迎春花。在淡粉色内页上，工工整整地写着几段文字：

亲爱的爸爸：

十六年前，女儿在那个雪花飞舞的冬至日呱呱坠地。那个半尺婴儿，今天已经长大，成为高中生，是您的呵护和教诲，让女儿顺利走进人生花季！

记得在我很小的时候，您工作调动，去了离家很"远"的地方，女儿几次哭着闹着和妈妈说要见您，可您两三周才能回来一次。后来我才懂得，您的调动是工作需要，但我还是希望您能每天在我身边，给我讲故事，教我背诵唐诗，和我一起搭积木、拼动物图案，星期天还能领我到郊外采蘑菇、放风筝。我经常在梦中微笑，那一定是梦见爸爸了。

在我六岁半时，您把我和妈妈接到您工作的城市。您用厚实的、散发着墨香的手拉着我，把我送进学前班。您虽然很少有时间送我去学校，很少接我回家，但只要是星期天，只要您有空，就会骑自行车驮着我到虎山公园玩。您把我举过头顶，让我看湛蓝的天空，让我学燕子飞翔。每当我在学校因为一点儿小不痛快而心情沮丧时，每当我学习负担重想偷懒时，您总是用一双坚强有力的大手把我从颓惰中拉起来。您告诉我一个道理：海燕不会害怕风雨，只有快乐向上，坚强勇敢，才能飞得更高、更远。

带着心中的梦想，在您和妈妈的期盼中，女儿走进梦寐以求的集宁一中，女儿心中有了自己的梦想。您在外地开会，妈妈给您打电话说，小鸟要出笼，要往远飞了。您在电话里告诉我，离家住校一定要学会自理、自立，自己要琢磨一套学习方法，要尊重老师，要和同学友好相处。这些教诲，我一直铭记在心。

读到这里，我回忆起和女儿在一起时快乐而温馨的时光。女儿刚入幼儿园，学会十几个笔画简单的汉字时，那个兴奋啊！我把饭碗放到餐桌上，女儿在碗上居中搁一根筷子，惊喜地直喊："爸爸，'中'字！"在街口看见工商银行的招牌，也要奶声奶气地炫耀一下："哈哈！爸爸，我认得'工'

字！"上小学一年级时，女儿穿一条小牛仔裤，膝盖处装饰着一朵布花。有一天，天还不亮，她自己穿衣梳头到学校上课，没想到把裤子穿反了。中午回家后，我们看见布花转到她的膝盖窝处，煞是奇怪，弄明白后，三人哄堂大笑。女儿爱唱歌，稚嫩的童音既可亲又可爱，每每能唤起我柔柔的父爱。

"过新年呀，咚咚咚咚呛，喜洋洋呀，咚咚咚咚呛，鞭炮声声锣鼓响，咚呛咚咚呛，唱歌跳舞多欢畅！"我把孩子唱的这首《过新年》录在磁带里，经常放到录音机里听。

接母女俩到城里后，我陪孩子逛过几次虎山公园。初春，公园石阶上、山桃花枝头下，女儿像小鹿一样欢快奔跑的影子仿佛就在我的眼前。那小红衫，那小辫儿，那刚换乳齿的齙牙，那天真又稚气的笑脸，让我这个当爸爸的脸上漾出满满幸福的笑容。记得女儿十岁时，学会了骑自行车。星期天，父女俩各骑一辆自行车，到城外十多公里远的泉玉林水库边游玩。去的时候一路顺风，骑车不咋费劲，返回时却起了风，我俩压低身子顶风骑行，费力不说，还被风沙呛得气都喘不上来。女儿没哭鼻子，硬是坚强地骑回城里。但我不能不承认，十六年来，我给女儿的照应和陪伴太少太少了。

忽然想起，女儿又有两周没回家了，她一定是坐在宽敞明亮的教室里聆听老师讲课。女儿的学校与家仅隔着两条马路，当时让女儿住校是我的主意，为的是锻炼她的自理能力，为的是让她不受任何影响安心学习。时间过得真快啊！好像是眨眼间，女儿已从一个不懂事的孩子长成了有思想、能自理、会沟通的花季少女，特别是她懂得了感恩，懂得了思念家、思念父母。许多年来，往往是我还没起床的时候，女儿就已经摸黑到了学校；晚上我回了家，女儿已经做完作业回自己屋里睡去。我平时很少有时间和孩子谈心，孩子常常在一张彩纸上画一个心形的框子，把想和我说的话写上去，再用胶带纸粘在我的卧室门上。我没有想到，孩子一直记着这么多事，也有埋藏心底的真情想对我吐露。面对贺卡字里行间满满的信任和真情，我再次暗暗自责。

我继续读贺卡上细密工整的文字：

　　女儿知道，您的工作很辛苦，每天走得早回得晚，双休日也很少能休息一天。您是奶奶那个大家庭里叔叔姑姑们的大哥，是姥姥那个大家庭里姨姨舅舅们的大姐夫，许多事情都要您去操办。很多时候，您一个人抽着烟默默承受，然后又拖着疲惫的身子不停歇地奔波。女儿见您的腰背老是挺不直，眼皮沉沉，总是显得那么疲惫，您才四十多岁啊！虽然女儿没说出口，也帮不了您，但女儿心疼爸爸，真想让您多休息一会儿，想让您能轻松一会儿。

　　我的生日在冬至。每年冬至，您都会给我买我最爱吃的蛋糕。两天前，您回了老家，张罗着给小舅舅娶媳妇。今天是我生日，也正是小舅舅的新婚之日。这个生日，我是在学校里度过的，虽然没吃上您买的蛋糕，但您用手机发给我的祝愿信息我已收到。第一学期快过去了，每两周一天的相聚总是那么短暂。下周，我请上同宿舍一个离家很远的同学回家与您和妈妈吃顿饭、说说话。

　　再过几天就是新的一年，今天女儿将满满一篮春光送给您，篮子里是一些神奇的东西，能把您鬓角的几根银丝染黑，能让您满脸的疲倦消失。女儿让这一篮春光带给您最真诚的祝福：祝您身体健康，工作顺利，新年快乐！

在办公室，我好半天放不下这张贺卡，看了又看，读了再读。人到中年，对新的一年来临有一种复杂的情感，过了一年，又长了一岁，不管是盘点回顾过去的一年，还是展望期许新的一年，心里头的感觉都是沉甸甸的。一年来疲惫的身心还没来得及歇歇，新一年的忙碌和奔波又要开始了。人一生中有许多追求，有许多难以得到的东西，但不经意间，也会有一种幸福如期而至。几天来，案头有不少朋友寄来的贺卡，千篇一律的祝愿祝福语没怎么让我感动，看完女儿写的文字，我却流泪了。此时此刻，我觉得有了女儿的祝福就什么都有了。我想等女儿课后休息时给她打个电话：孩子，只要你心灵空间鲜花盛开，我的眼里就永远春光明媚。你的新年礼物，爸爸收下了！

二〇〇八年一月八日于集宁

父亲和他的弟弟们

夜里十一点多，我把五叔送上开往北京的K90卧铺车厢。十几天前，六十一岁的五叔在医院查出肝部有问题，医生建议到北京复查并及早手术，堂弟已提前去北京预约了医生并在医院等着。

目送列车缓缓驶出站台，我心里暗暗嘀咕：二叔和父亲都早早离世，三年前四叔又走了，"五老汉"这次不会有事吧！

父亲弟兄六个，他排行老大。爷爷在父亲十九岁时留下五个未成年的孩子撒手离去。那一年，六叔才六岁。

父亲在村里算得上是一个能人，十八九岁就当了农村合作社干部。他读过一冬私塾，后来磕磕绊绊地学着识字，竟能在村里社员大会上读报、读文件了。父亲一直当村干部，体力不允许时，当了两年大队会计，继续协调大队各村的工作。之后，乡党委又让他当了乡敬老院院长，干了六年，直至病重。

家里再穷，父亲也想让弟弟们中出一个读书人，于是把已经十四岁的三叔送进学校。三叔开始认字读书，后来因在同年级里年龄太大，念了半拉初中就回家了。三叔肯学，一直没扔掉书本。五年后，公社领导安排三叔当了中心校代课教师。眼看着叔叔们相继长大，父亲意识到他们在村里不仅没有出头露面的机会，而且娶媳妇也成了一个大难题。父亲把四叔、五叔先后送到部队当兵。六叔大些的时候，父亲原也要把他送到部队，但奶奶舍不得让六叔当兵，后来，六叔成为全公社唯一一辆28型拖拉机驾驶员，又当了公社电影放映员。在那个年代，农村青年入伍参军是比较好的出路，能穿上绿军装十分不容易，当公社学校代课教师、拖拉机驾驶员和放映员也很难。十几年内，父亲和母亲每盖一间房子，置办一件木柜，买几斤棉花、几块棉布，就给长大了的弟弟娶媳妇，硬是让五个像"光腚猴子"一样的弟弟相继成家立业。

二叔是个老实憨厚的人。记得他一直是黑紫色的脸膛，黑紫色的嘴唇，这是常年放牛放马风吹日晒的缘故，也是多年肺心病喘不上气的缘故。他十六七岁就成了村里的硬劳力，每天吃不上一顿饱饭，干活却毫不惜力。有一次，他在离家二十多公里的乌兰哈达火车站装货，肩抗一百公斤重的粮食麻袋从踏板上失足掉下，麻袋砸在身上，眼角都渗出了血。二叔二十五六岁时，基本成了一个残废，再也干不动重活了，只好给生产队放牛放马。到后来，他呼吸越来越困难，每走七八十米就得停下歇一会儿。冬天更严重，整夜不停地咳喘，和父亲一样，夜间不能平躺，只能跪着睡觉。父亲用心良苦，多次托媒人给二叔说亲，村里一户老实人家的大女儿嫁了二叔，他好歹也算成了家。二叔三十七岁病故，二婶后来改嫁，带走三个子女中最小的一个，父亲把八岁和六岁的两个收留在家一直养大。

　　三叔是我小学五年级和初一初二时的语文老师。多年来，他一直是代课教师身份，直到退休前四年才转为国家正式教师。他学历低，基本上是边自学边教书，但教得十分用心，多次被评为全公社和全旗优秀教师。三叔大半辈子的生活过得克勤克俭，挣了工资，仍穿打过补丁的衣服，如今六十七八了才不再种地。我回乡下，见他因膝关节疼痛而走路越来越瘸，觉得他真的老了。他还说近期肠胃不适，自己采药炮制，效果挺好。

　　在父亲的弟弟们中，四叔和六叔是性格反差最大、处世态度迥异的两个。

　　四叔是父亲一直放心不下的弟弟，自小就有点桀骜不驯。当兵回来后，他先去公社，工作激情高昂，做事敢闯敢冲。父亲怕他做事过头，硬把他拽回家，送他到旗运输公司乌兰哈达装卸队当了装卸工，算是走出了农村，挣上了工资。二十世纪七十年代后，他返回老家，建了两间土房，种地养畜当了农民。他性格直率，有不同意见时，不论是谁他都敢顶撞。有一天，他和村里一个大叔吵架吵得凶，母亲和四婶劝说不住，家风严厉的父亲闻声过去，抢起院子里的扁担不容分说就在四叔背上狠抽，扁担被打断成三截。四叔过日子大手大脚，自家有的，舍得让大家来吃、来用；自家没有的，赊上、借上也不亏待自己。四婶性格也刚烈，回村后重新安家糊口的压力加上种地养猪的苦和累，三十几岁就得癌症去世了。后来，四叔干脆跑到县城找点活计，又到包头市做零工勉强养活自己。直到病逝前一个多月，他回村了，也算落叶归根。

　　六叔是父亲最疼的弟弟，自小腼腆。父母操办了他的婚事，终于尽到长兄的责任。六婶是牧民，六叔成家后不再当公社放映员，他们一家子搬到牧区居住并落户。六叔勤劳善良，在一大家子里最是任劳任怨。他一直不争不抢，默默付出，默默承担，家里操办的每一次婚丧嫁娶，他总是早几天回来，最后一个离去。忙活的时候，他夜里和衣睡上两三个小时，早早起来再干最琐碎、最费力的活儿。当年，他领着妻女迁到牧区，几乎是白手起家，养畜、放牧、种饲草……孩子们小的时候，是他最困难的十几年。如今，四个子女已长大成人，都到二连浩特市安家立业，六叔六婶依旧留在牧区养畜。由于长年累月的辛勤劳作，六叔身体消瘦，眼窝深陷，为此，母亲常常心疼地念叨。

长兄如父，父亲对自己的弟弟们既严又爱，严有方，爱无声。父亲病情严重时，坐在炕头几次念叨他最小的六弟："六小有二十天没回来啦！把牛奶给六小留上一箱，我喝不完，让他拿回家熬奶茶，他爱喝奶茶。"父亲去世后，六叔几次跪在父亲棺前失声痛哭，好几个人拉都拉不起来。

五叔是父亲离世后操持和把舵全家大事的人。他自小聪明上进，全家最希望他能出人头地，父亲也最认可他的能力，因此把他送到部队锻炼。在部队时，他是当时为数不多的具有初中文化的战士，因工作出色，很快被提任为班长，还被评为全团优秀班长。在他服役期间，父亲领奶奶和我到部队探望，受到连队盛情款待。五叔复员回乡后，先当了两年大队民兵营长，后当大队党支部书记、村委会支部书记，直到今年才离开岗位。许多年来，他的战友们常来看望他们的老班长，也经常邀请他到城里走走看看。五叔气度沉稳、能说能干，善于思考分析、平衡协调，当了三十多年村党支部书记，乡领导和村民都认可他。

五叔乘坐的火车开启时，我的妻子也在站台上。她忧心忡忡地说："五老汉这次可真不能再出什么意外，咱家叔叔就剩他们三个了！"

我给先到北京的堂弟打电话反复叮咛，让他陪着五叔在北京的医院仔细复查，需要手术就请个专家，五叔毕竟才六十出头啊！

愿我走去世界另一头的父亲和叔叔在天堂里歆享快乐！愿我从艰难岁月走到今天的叔叔们健康长寿！

二○○九年八月于集宁

母亲搬家

　　腊月初十，母亲告别了乡下的土房土院，搬进城里的楼房了。

　　母亲十八岁时嫁给父亲，在老家的院子里度过了五十四个寒暑。自父亲撇下母亲撒手西去，母亲自己又住了十三年。这十三年来，母亲的孤独与苦闷，母亲含辛茹苦度日的情景，只有这老院和老屋知道。由于经历了很长一段岁月，近年来，老院和老屋显得越发"老"了，不是这儿塌一个口子，就是那儿掉一块墙皮。母亲一次又一次捡回土块、石头，墙里墙外一垒再垒，手抓泥巴一糊再糊，院墙虽破旧，但被母亲拾掇得没一处豁口。最恼人的是下雨天房子漏雨，近几年越漏越厉害，麻纸糊的顶棚干了又湿，湿了又干，已经渍印斑斑，就像在头顶上吊了一层枯朽的南瓜叶子。雨夜，常常是外面下大雨，屋里下小雨。孤单的母亲总得几次搬挪炕上的毡毯和被褥苫着地下的木柜，再用大盆小盆接屋顶渗下的泥水，折腾到深夜才能安稳下来。这两年，每逢半夜下雨，我常常被雷声、雨声惊醒，恍惚中，似乎总能听见母亲在喊我："孩子，快点儿，拿盆子来，再拿一个来……"

其实，我早想给母亲在城里买套房子，怎奈收入微薄，打点了日常生计，往往所剩无几。现在经济条件虽然好了些，可我刚装修了房子，又把女儿送到厦门上大学，手头还是很紧。到厦门送孩子入学回来，我和妻子回老家和母亲一同过中秋节。农历八月十六日上午，我俩费力地为母亲垒砌坍塌的院墙，折腾得满头大汗，贱了满身泥水。妻子一边摆弄手里的工具，一边说："这个已经老掉牙的院子，咱不能再这样小修小补了。咬咬牙，就是借、贷也给老人在城里买套楼房吧！常言道，人生有两件事不能等，一是行孝，二是行善。母亲年龄这么大了，咱不能再拖下去了！"妻子的话说到了我的心坎上，也触发了我想为母亲买房的急切心情，但在哪里买房这件事上犯了愁。把母亲接到我工作和居住的城市当然最好，可我也担忧，平常没有一个熟人与母亲来往，她会更孤单。对比之下，倒不如在县城买房合适。姐姐从乡下进城看母亲不到二十公里，我从市里回去，走高速路也就四五十分钟车程，姐弟俩都算方便。再就是不少亲戚朋友住在县城，母亲也能经常和他们见个面。母亲会慢慢习惯县城的生活，心里或许更能接受得了。

从老家回城，我便打电话托亲戚朋友帮忙买房。其时，察哈尔右翼后旗政府所在地白音察干镇正好新建一个规模较大的居住小区，位置好，环境也不错，配套设施相对齐全。我决定就在这个小区买房，选来选去，选定了一套六十一平方米的房，在二楼。俗话说，邻以亲为贵。买好房子我才知道，姑姑家的三个表哥表弟和妻妹即将入住的新房正好也在这个小区或在附近，想到日后母亲的生活会有亲戚照应，我心里踏实了。

东凑西借交付购房款后，我回去看望母亲。我怕在乡下住惯了的母亲不愿进城，于是佯称镇里有一套闲置楼房的房主想找个看门人，可以借给母亲住，问母亲愿不愿意去。"我老了，耳朵又背，看不了你们城里人的门，一旦有什么闪失，拿啥跟人家交代？多一事不如少一事，还是算了吧！"过了一会儿，母亲追问，"儿啊，谁有房子能空闲下来借给咱住，该不是你在城里买了房子吧？"见我支支吾吾，她便明白了，开始责备我，"是买房了吧？你哪有闲钱买房呀？"我设计的"圈套"被母亲戳穿后，只好实情相告。听我说完，母亲坐下来，默默想了一会儿，最后还是勉强同意了，说："买了就去住吧，反正老房子再咋整修也一天不如一天，不住也罢。"

那天晚上，母亲从旧柜子里拿出一个布包，一层一层翻开，里面竟是一沓各种面值的钞票。母亲说："这是九千六百二十元钱，攒了好几年，你拿去用吧！"母亲打开这个布包时，看似小心翼翼，动作却十分娴熟，可见她不止一次打开过它了。

我知道这是母亲仅有的一点"私房钱"，是母亲克勤克俭一分一角积攒起来的。前几年母亲种地，还有三五亩地的微薄收入，近三四年她已无力耕田种地，哪里再有什么收入？这些钱的来源不外乎这么几个渠道：平时我回家看望她老人家，每次留二三百元；侄儿侄女们逢年过节每人孝敬三五十元；这几年春季到下种时，老母亲和村里能出来干活的女人们，每天早出晚归，坐农用四轮车往返十几公里，为马铃薯喷灌圈种植公司切籽种，一干就是二十多天，每天能挣三十元，外加买面包或方便面的三元；平时，母亲在村口路旁，在自家房前屋后，只要看见有废旧铁丝、饮料桶，就捡收回来卖废品换钱。母亲平时省吃俭用，生活日用消费很少，日用品大多由姐姐买回。为省下电费，用来烧火煮饭的电风机已经停用多年，母亲用的仍是传统老旧的手拉风箱。屋里只留下一只二十五瓦的白炽灯泡，天黑出门时，母亲总是随手拉灭电灯，有月亮时便不再开灯。冬天，生火炉用煤一冬用不到半吨，主要靠烧饭顺便烧热的炕取暖。灶膛烧的燃料是母亲搂回来的柴草，或是捡回来的牛粪、马粪，这些柴草、牛粪和马粪在院子里垛得整整齐齐。多次告诉母亲不该省的不要省，不该出去干的活儿不要干，更不要出去打工了，但母亲坐不住，对于勤劳节俭的母亲来说，这已经成为她老人家一生的习惯，想改也难了。

我用微微颤抖的双手接住母亲递过的这沓钞票，内心无比挣扎。不拿吧，母亲不允；拿了，又于心不安。钱虽不多，可这是母亲的养老钱，是母亲的血汗钱呀！我的眼里溢满泪水，强忍着没流出来。在母亲面前，我流一滴泪，心里的愧疚就会多一分。

买好的楼房，开发商原承诺九月中旬交工，但因水暖不齐备，一直推到十月下旬才交付了毛坯房。冬天越来越近，北方小镇的天气也越来越冷，我迫不及待地想装修，好让母亲赶在春节之前住进新楼房。领了钥匙，开始设计、选料，按进度雇水工、木工、墙面油漆工进行装修。两个多月的时间，每到双休日，只要没公务，我就从我居住的城里选好建材、家具、洁具、灯具、家电，再一件、两件或一批一批送到县城。虽说很是忙碌、劳累，但一想到母亲很快就能住上楼房，就没觉得给自己添了多少负担。房子面积小，设计的时候首先考虑母亲便捷宜居，想让她一进家门就觉得合心合意，日后能住得安逸、舒适。成家二十多年来，我自己有过两次装修房子的经历，有过费心、费力、费钱的体验，这次给母亲装修房子，比自己住新楼房时的心情还要急切和兴奋，更舍得花钱。平时公务忙，加上在异地装修房子不便利，拖了装修进度，好在有几个亲戚朋友帮忙照应，一月初，母亲的新楼房终于装修完毕。我回到镇里，特意请亲戚朋友和工人师傅们吃了一顿装修竣工饭。

我手里攥着锃亮的新房钥匙，似乎了却一桩多年来让母亲不再受累受冻安享晚年的心愿。现在，我要把这个心愿换作一份孝心双手捧给母亲。

选定搬家的日子后，我决定和母亲在老房子里再住一夜。腊月初九，也就是搬家的前一天，我赶回去，见母亲已经把行李、米面和杂物收拾妥当，只留了当晚铺盖的被褥和部分炊具盘碗，十几个大小不一的鼓鼓囊囊的编织袋堆在堂屋。姐姐和叔叔婶婶们来了，听说母亲要搬到城里住，村里的邻居、平日和母亲聊天拉家常的老太太们也来送别母亲。

按家乡风俗，搬家是要吃糕的，寓意越搬越好，越走越高。母亲早已准备好糕面、肉和菜。晚上，母亲、叔婶、姐姐和堂弟一大家子盘腿坐在母亲的大炕上吃饭，我不由得想起当年祖母和父亲在世时，一大家子十五六口人在炕上地下吃饭的情景，想到这老房子马上就要空闲下来，心里真是五味杂陈，百感交集。饭后，全家人坐在炕上唠起过去的事，唠起早已离世的父亲，也"启发"母亲说说她的"乔迁感言"。母亲耳背，戴耳机交谈还常常打岔，往往是答非所问，引得我们不时开怀大笑。我一边和亲戚们聊，一边重新整理、打包东西，把母亲本已装好的东西翻出来再仔细地过一遍。袋子里装的旧物林林总总，很多不该拿走再用的也都在里面，包括洗得干干净净的一捆旧布片、快要掉完毛的旧鞋刷，还有用了几十年釉子掉了许多的搪瓷杯和盆等，母亲一样都不舍得扔下，让人忍俊不禁。其实，在母亲的新楼房里，必备的家具我都已购置齐备，锅碗瓢盆也都买了新的，旧的根本就不需要再带走，可这些东西陪伴了母亲那么多年，说扔就扔，母亲还是舍不得。我整理了很长时间，也劝说了很长时间，母亲才同意扔下几袋我认为没用而母亲觉得大有用处的东西。母亲的"审查"相当"严格"，我和母亲伸出的手不时处于"敌对"状态，她执意要带走的，我也拗不过，只好妥协。

整理旧衣柜时，我居然看见了我的初、高中毕业证。原来，母亲一直把这两个红皮小本压在柜底用塑料袋包着。我眼眶一热，翻开毕业证，泪眼模糊地看我当年的照片。在母亲眼里，儿子是个读书人，这两个"红本本"要比其他任何吃的、喝的、用的都珍贵。定了定情绪，我和母亲开玩笑，说："您老人家什么也不要带走了，就把院门口每天捡牛粪的粪叉、粪筐带上就行了。"母亲一本正经地说："不带它了，城里哪有牛粪？我去享福呀！"

故土难离。这一夜，母亲、姐姐和我都睡得很晚。小火炉里的炭块在母亲的拔撩下燃得很旺，发出轰轰、轰轰的轻响。这是多么熟悉的声音，母亲就要搬家，今后我再也听不到这样的声音了。后半夜时，即便有这样一个小火炉，屋里还是冷，数九天的寒气穿透屋顶直逼脑门。没听见平时老打轻鼾的母亲夜里打鼾，显然是没睡着。我揣测着母亲临别老屋时的心情，想着母亲进城后如何适应新的环境和新的生活方式，想见她一下子是适应不了的。我闭着眼睛躺着，这个夜里，再没睡几分钟。

早晨天刚亮，搬家车停到家门口，一家人开始张罗着搬东西上车。等装好车后，母亲用厚棉帘遮挡了老房的窗户，锁了家门，嘱咐三叔五叔一定要看好院子。她说："家里墙上还挂着老头子的遗像，今天我不带他走了！谁让他走得那么早，谁让他没福气住楼房，留下他给我看几天门吧！"

老屋老院渐行渐远。几年来一直和母亲做伴的小狗波儿，几天前已牵到姐姐家，没在送行队伍里。刚出村口，母亲又回头朝后面张望，不知母亲是想再看一眼她的老房老院，还是在找波儿。我忽然想到，波儿其实应该由母亲带走，即使不带走，至少也该出现在送行队伍里，毕竟它是母亲多年的伴儿。母亲教会波儿许多本事，打滚儿、作揖、递粪叉……我不知母亲和波儿告别会是怎样的情景。

母亲告别了住了大半辈子的老屋，告别了每天都在一起唠嗑的老姊妹、老妯娌们，留下一口带苦味儿的庭院井，留下她每日提起放下的粪叉、粪筐，留下她五十四年艰辛而又满足的生活记忆，起程了。在车上，我留意母亲的神态，留心看了看母亲的眼眶，母亲没有伤感，也没落泪。我耳边又响起母亲临行前夜对送行亲友们说的那句话：进城享福去呀！

二○一一年一月十五日于察哈尔右翼后旗

第五辑 岁月如海 友情如歌

● 我小心翼翼收好永鑫的赠画，回赠他拙诗一首：如椽巨笔写神马，若锥毫锋绘史札。墨染关公忠信义，永鑫本色是画家。

● 现在，草原这边花正开，我的期待在花朵摇曳的茸茸草浪里，在草原绿色的诗情里，你们还记得我的邀约吗？我一直在等你们，等你们过来看草原！

● 今天，问候赵老师，追忆周老师，因为我永远珍惜、永远难忘与他俩难能可贵的师友关系。我知道，老师给予我的不仅是知识，不仅是做人的道理，还有更多的东西让我受用终生。

● 我写下几段有关树明老兄的文字，不仅是为接续我俩多年来的友情，更想表达我对他的尊敬，也表达对他的祝福。他是我心目中一棵枝繁叶茂的大树，我祝这棵大树长青常绿。

来去相遇葱茏中

　　机关大院里有个小小的人工植物园，百米见方，被修剪得十分整齐的榆树围着，园子里的花草树木不下几十种。多年来，经在这里的工作人员精心栽植，精心培育，这里草木繁盛，生机勃勃。

　　每逢春季，杨树吐绿，柳枝婆娑。丁香树上一簇簇像火柴棍聚拢在一起的花骨朵，刹那间绽开了笑脸，花瓣小巧玲珑，俏丽羞怯，阵阵暗香沁人心脾；樱桃花应和着春风俏立枝头，含蓄内敛又无不自信。走进园子赏景踏青，赏心悦目，令人流连忘返。草长莺飞的夏季，花草更盛，蒲公英、地椒椒、益母草、牵牛花、黄花菜枝叶渐长渐绿，各种花儿次第开放，展示在眼前；推开办公室窗户，一阵沁凉的微风拂来，一阵芬芳的花香袭来，看得见有无数花朵在微笑低语；阳光下，有精灵般的蝴蝶倏尔闪过，你会感受到大自然五彩缤纷，一派生机。秋季里，粉色、白色的花瓣在枝头摇曳，迟迟不肯谢幕；果树、樱桃树都结果了，品尝一枚樱桃果，闻一闻即将散尽的花草余香，给我和同事们一种深深的诱惑。就是在冬天，园子里也不是你想象中那样荒凉和萧索，下雪的时候，雪花像片片鹅毛一样飞舞，数十棵松柏凌霜傲雪，依然郁郁葱葱，挺拔高洁。

一个个陌生的面孔走进大院，又有一个个熟悉的身影离开大院，聚散有时，来去匆匆。但多少年来，谁也没忘记在这里植一株树、种一束花，没忘记给树木花草松一锹土、浇一次水，没有因为各自忙碌而冷落这个园子。这里越来越清幽雅致，越来越浓郁葱茏。人们总是在葱茏中相遇，又在葱茏中握别，带着这小小"植物园"的美好记忆，走向另一方新的天地。

我相信我与这个园子有"缘"，因有这个"缘"，让我碰到一个偶然的机会从"小部门"选调进"大机关"，我为走进这个大院、为我能在这葱茏的环境里工作而感到庆幸。因有这个"缘"，我在这里与同事们和谐相处，与大家共同追求美好人生，共同收获耕耘的快乐。人可以走出去，可以留下来，可以向左走，可以向右走，可以早一步，可以晚一步，但能够走到一起，工作在一起，就是一种缘。禅语说，缘就是你看得见我，我看得见你。在这彼此看得见的缘分中，大家相互间的一声问候，一个微笑，给在这里工作的人带来温暖的回味，也给从这里走出去的人带去一生的忆想。

来这里两年多了，我也植树、浇花，也在繁忙的工作之余，打开窗户呼吸一口清新空气，闻一闻花草的清香，工作累了，就轻轻走进园子里散散步，休憩片刻，缓释一下伏案劳作的倦意。园子里种了上百株黄花菜，盛夏时节，大院的门卫老银边锄草边采摘黄花。他把含苞待放的鲜蕾采下，摊晒在竹框里、报纸上，晒好后，等我们几个秘书下班路过门房，给每个人都拿上一小袋。我觉得，在大院里一起工作的同志们如同这黄花菜一样香郁，一样富有营养。

　　盟里其他旗县的领导交流任职走进这个大院，大家在门口笑脸相迎；朝夕相处的领导和同事或退休离任，或升迁调职，或下派基层苏木乡镇，机关都要开一个小小的欢送会为其送行，同事们会赠送精美的笔记本，或是送一个自己舍不得用的新水杯表达情谊；大家还会在园子里留下一张合影，作为珍贵的纪念。这个小小的园子，让我品味着工作的苦乐，品味着同事间的友谊，品味着生活的韵味。在此待一年，你可能会留下一生的回忆，待十年，你可能觉得只是短暂的一瞬。无论大家在此待多久，最平凡、最值得静守的，还是那真心、真性、真情。

　　小小的园子，也给我留下许多关于人生的联想：每个人，无论何时，总归要在他生活或工作过的地方留下点什么，小到一草一木，大到精彩的生活片断，或是建树的业绩。

一九九三年六月十八日于察哈尔右翼后旗

初识王永鑫

　　那天，在一家小餐馆，一杯清茶，三五例小菜，几杯水酒，认识了画家王永鑫。

　　乌兰察布市辖地五万四千五百平方公里，人口二百八十七万，中心城区集宁有三四十万人口。这个地级市虽然算不上大儒名流人才辈出的文化之邦，但也不乏文人雅士和艺术界精英。我一直羞于别人称我为文化人，不敢故作风雅，也没机会走进这座城市的艺术圈里交朋识友，对于王永鑫这个名字，过去有所耳闻，只知道他是乌兰察布市书画院院长，一位从事国画创作的专业画家。印象中，我有一次逛书店，在一本美术专刊上看过他的几幅画作，因不熟悉其人，更因不懂国画艺术，看他的画时也是潦潦草草，浏览一眼便顺手搁下。

　　在去餐馆的路上，要给我引荐王永鑫的朋友神秘一笑："今晚不吃大餐不豪饮，咱俩接受一次艺术熏陶。"我想，不喝或少喝酒正契合我意，而接受艺术熏陶可不是饭桌上一时半会儿的事。

我们过去的时候，王永鑫已到达餐馆，在靠墙边的一方小桌落座等着我俩。他身材不高，但面相俊朗，眉宇间透着一股英气，发型很普通，没留长发，没蓄髭须，也没扎小辫，穿着简约休闲的上衣，内着T恤，和我想象中的画家大相径庭。一番寒暄后得知，他原籍山西盂县，自幼习画，二十世纪八十年代作为特招兵在内蒙古边防某团服役，担任政治处美术创作员，之后转业地方文化部门从事专业美术创作。

王永鑫不善饮，席间很少谈到他创作的事，更没"吹嘘"他的画艺画作，我们只是谈共同熟知的朋友，包括部队的、地方的，也听他谈到打理书画院的一些事情。他坦言，润笔之资常为朋友换酒，结交朋友缙绅布衣兼有。举杯相邀，他一再请我不要称他王院长，更不要称王老师，我俩是同龄人，他比我小几个月，对我以兄相称。朋友介绍说，永鑫是国内知名青年画家，曾画小人书二十多年，作画功力亦在其中，之后多年潜心研习国画，擅画马，擅画古人，尤其擅画关公。他的作品有长篇连环画、史籍插画、国画万余幅，画作多次获全区乃至全国大奖。对于国画和绘画艺术，我完全是个门外汉，但与王永鑫交谈之后，倒也多少了解一点绘画方面的知识。王永鑫身上没有咄咄逼人的傲气，我觉得这位画家的性格做派像是一缕清爽的秋风——自然、通透、舒适，交谈也很放得开。

王永鑫说，十天之后，乌兰察布市书画院将承办内蒙古自治区书法家协会的一次全委会，会后，全区书画艺术展在书画院展厅举办。他有意邀请朋友和我届时到书画院观摩书画展，还想在那天晚上再安排个小聚。想到全区文化部门有关领导和书协、美协一百多位书画家代表到会，会务组织以及会间接待事务繁忙，我怕他顾不过来，便一再推辞，但看王永鑫的邀请十分真诚，也就欣然应允。展会开幕那天下午，他打来电话，说我们十天前的约定不变，邀请我和朋友一定过来观摩。他说，有一批参会代表因路途较远无法当天返回，他正在宾馆安排照应，客人的食宿接待已委托书画院的其他同志负责。晚上六点半，他忙完事匆匆赶回书画院，我们如约见面。我和朋友说：永鑫，守信守义之人！

走进书画院，四壁墨香飘散。展厅里挂着百余幅全区书画名家的参展作品，永鑫依序一一介绍。看完书画展，他带我俩走进自己的画室，我欣赏了他近几年以塞外骏马和古人物为题材的几幅国画作品。就绘画技法本身而言，不敢妄言半句，但画作的意境一下子让我与画家的情绪贴近，让我的心灵与画作产生了强烈的共鸣，让我在嵌套层叠的意象中深深品味和思索。《草原恋曲》系列骏马图，画中的马有的驰骋原野，有的昂首嘶鸣，有的英俊骁勇，每一匹骏马，对塞外草原又是那么深深眷恋；《霸王别姬》图，我感受到盖世英雄项羽"时不利兮骓不逝"的无奈，感受到他无奈中为生存而挣扎的悲壮；《追韩信》图，看得见韩信因不为所用而执意离开的果断，眼神中却又充满惆怅与落寞，那个萧何，纵马踏月，寻影急追，画上二人一前一后，"走"与"追"表现得淋漓尽致；《庄周梦蝶》图，袅袅烟飘，翩翩蝶舞，梦幻迷离的意象融入逍遥游的精神自由境界，就算一个不懂画的人，也能产生对闲适恬淡人生的向往；再观赏他画的几幅《千秋忠义图》，关羽赤面长髯，威风凛凛，胯下压骑千里追风赤兔马，那把青龙偃月刀，或横执胸前，或斜提身后，忠义英武之气夺人魂魄。我猜想，关羽是永鑫最崇拜的英雄，所以他画古人的作品中关羽最多，他对自己的关公图也最是得意。

永鑫说，与兄相识，心性相投，愿赠《五马图》一幅。他备好笔墨，在展厅画案上铺开宣纸，略作构思，随即笔走龙蛇，挥洒自如。顷刻间，形神兼具、呼之欲出的五匹骏马跃于纸上。想象当年，一身戎装的王永鑫深隐朔漠边关，在戈壁月下，在营中马厩，与喜爱的骏马朝夕相守。他对自己钟爱的蒙古马倾注了深厚的情感。如果不是常年悉心观察和用心描摹，如果不是对马的生活习性、生理结构烂熟于胸，他一定不会有如此这般的灵感和透悟，不会有笔下驱放无数的良骥神驹。我原本未敢奢求看永鑫画马，受永鑫赠画，却意外得到一份惊喜。

我小心翼翼收好永鑫的赠画，回赠他拙诗一首：如椽巨笔写神马，若锥毫锋绘史札。墨染关公忠信义，永鑫本色是画家。

二〇〇八年四月于集宁

草原这边花正开

——写给阔别二十年的同学们

也许是今生有缘，才让我们走进津门一隅，走进菁菁校园，走进教学楼三层紧挨楼梯口的那间教室，成为同窗共读的同学，成为相知相惜的好友。还记得校园三月晶莹透亮的小雨吗？还记得图书馆和晚自习教室灯火通明、亮如白昼的一个个夜晚吗？

我是塞外草原上的一枚草叶，从北方乡村牧野飘到天津这座海滨城市，你们或来自三晋大地，或来自燕赵之乡，或来自兴安林海，或来自京津街巷，倏尔来兮，心满志盈。那时候，年轻的心跳动在一起，青春的激情汇聚在一起，与你们朝夕相处的日子，就是与知识和快乐在一起的日子。我拿出家里寄来的牛肉干、奶制品让大家品尝，我描述家乡的诗文，让你们对草原心生向往，于是，我们一起唱《美丽的草原我的家》，一起朗诵那首南北朝民歌："敕勒川，阴山下，天似穹庐，笼盖四野。天苍苍，野茫茫，风吹草低见牛羊。"

如今，离开母校整整二十年了，我的思念像雨季的青草在草原上疯长。二十年前的情景历历在目，二十年前的笑靥犹如在眼前。我们在教学楼窗口一起欣赏彩虹，在校外小河边一起溜冰，我们因成功举办一次联欢晚会激动得夜不能寐，我们也因在体育课上输一场球而懊丧，但很快因宿舍"夜谈会"的热烈气氛而消失殆尽。那时，我受不了津郊蚊虫叮咬，宿舍写字台上，总有你们送来的花露水。有一次晨练，我从双杠掉下摔伤头部，昏迷在操场，是你们最早发现我，第一时间把我送到天津总医院拍片检查，你们帮我洗衣服、洗被单，每天把排骨汤、鸡蛋汤面端回宿舍，扶我坐起，劝我多吃。四十多天后，我身体康复回班上课，一进教室，全班同学不约而同地起立、拍手，笑脸相迎，大家又是抹桌子，又是帮我整理书本……那珍贵的友情永远留在我的心底无法抹去。

津郊校园，优越的学习环境真是来之不易，我对知识的渴求近乎"贪婪"，学业之余还主动参与学校或班级的一些工作。你们常把自己读完认为值得一读的书推荐给我，然后交流心得体会；我担任班干部、校报主编，你们全力支持配合；我刻蜡版，你们帮我推油印机滚子；我组织诗会，你们激情朗诵。我们一起鉴赏诗歌、练习书法，一起遐想人生、探讨爱情、憧憬未来，你们用真诚的心读我懂我，我同样用真诚的心尊重你们、欣赏你们。

我还记得五一放假时，我们几个同学结伴前往津北蓟县，骑单车游览盘山景区。雪白雪白的梨花漫山遍野，大家张开双臂拥抱扑面而来的春天。也是一个小假日，我们南下济南和泰安，来了一次说走就走的旅行。大明湖畔、泰山极顶，留下我们青春的倩影。你们想象我的家乡辽阔广袤，常常让我描述草原的景色，你们觉得我唱草原歌曲有韵有味，中秋节前的一个晚会上，我给大家唱了一首《草原之夜》，你们听得如痴如醉。

在天津，我们都是匆匆过客，临近毕业，我们更加珍惜分别前短暂的时光，更加珍惜这份难能可贵的友情。最后一次班会以毕业联欢的形式举办，大家一起唱："只有离别时候，才知时光短暂，纵有万语千言，难诉心中留恋。"我们拿出毕业纪念册，彼此留下通信地址，写下离别赠言，我们一起和老师告别，一起在教学楼前拍下珍贵的毕业纪念照。离校那天，细雨绵绵，午后，大家来送我，我和你们一一拥抱、握别。直至今天，我还清晰记得校园广场那一幕送别场景，记得你们湿漉漉的头发和不停挥动的手臂。

十四年前的一天，我借出差机会回了一次天津母校，那时学校因撤并已经停办。人走楼空，校园闲置，教学楼、阶梯教室、操场依旧还在，宿舍区冷冷清清，"半亩方塘"早已苇草丛生，整个校园寂然无声。我走进教学楼，透过教室门的玻璃寻找我的课桌，我轻轻拂去门头班级标识牌上的浮尘。我在宿舍门前的台阶上坐了很久，极力寻找我们当年的身影，寻找刚从操场下来满头大汗的"足球小子"，寻找曾经像蝴蝶一样闪过眼前的碎花裙子。后来，我还是不无感慨、不无遗憾地走出校门。我真想知道，你们如今在哪里呢？你们都好吗？

那天，我联系到在天津市区的两位同学，大家见面竟是那样亲切。你们先是问我工作，再问我的爱人和孩子。你们说现在正到了虾蟹肥美的季节，于是找了一个雅致小店，拎来一袋鲜活的螃蟹、皮皮虾和海贝，让店老板加工后端上餐桌。我"海吃"一顿，你们的款待让我感动不已，我认为，那是我至今为止享受的味道最美的海鲜。我们谈到初出校门在社会上打拼的艰难，谈到生活的压力和责任，更多的是相互安慰和鼓励。你们说："陪你看看海河吧。"那天晚上，一缕轻柔的乐声弥漫河岸江头，秋月从我曾经熟悉的解放大桥上升起，我们沿河岸走了很长时间。临回宾馆前，你们叮嘱我扣好风衣扣子，说天凉了，别冷着，珍重自己，等我们再次相会的那一天！

你们都想来草原看看，想来草原骑一次马，但一直没来过。业余时间，我专门拍摄了一组乌兰察布草原风光照片，照着通讯录地址给你们寄去，你们先后回过信来感谢，说草原比你们想象的还要美。今天，我真想一个一个给你们拨通电话，邀请你们来这绿草如茵、鲜花遍野的草原做客。我相信，你们要是来了草原，一定会为这里青青的草、蓝蓝的天，为这里悠扬的马头琴声和高亢嘹亮的草原牧歌陶醉。现在，草原这边花正开，我的期待在花朵摇曳的茸茸草浪里，在草原绿色的诗情里，你们还记得我的邀约吗？我一直在等你们，等你们过来看草原！

二〇〇八年七月十九日于集宁

给白斯楞书记当秘书的那段日子

一九九〇年十一月，担任了七年察哈尔右翼后旗政府旗长的白斯楞转任旗委书记。次年二月，我从旗民政局被选调到旗委办公室工作。调入三个月后，办公室领导指定我给白斯楞书记当秘书，到一九九三年十二月六日乌兰察布盟委宣布白斯楞不再担任旗委书记另有任用，我和白书记朝夕相处了两年零七个月。这段日子说短不算短，说寻常又不寻常，多年来，我一直忆想着我俩在紧张忙碌中一起工作的苦乐，回味着上下级之间亦师亦友的真情，更感念于白斯楞书记对我如父如兄的关爱。

一

调旗委办公室上班后的第一周，我基本上是熟悉工作环境，认识同事，每天翻看十几份上级文件或旗委政府近两年来的文件，初步了解全旗有关情况和正在推进的工作。旗委办公室是全旗的首脑机关，因此我比在民政局上班时更谨慎。我每天提前十几分钟到岗，先打水、扫地、抹桌子，然后端坐在办公桌前看文件。回想起来，我一直保持的严谨的工作习惯正是从那时候开始的。

我知道旗委书记叫白斯楞，但一直没有见过，问办公桌对面的同事，他说白书记这几天下乡去了。

直到上班第五天，在单位走廊，我迎头遇上白书记。我没敢打招呼，下意识地往边上靠靠，白书记那时根本不知道我是谁，只瞄见他微笑着对我点点头。我暗暗感叹，好高大的身材，好和善的面相呀！国字脸，环眼浓眉，肤色微黑，颧骨略高，一副朴实敦厚的相貌，他看上去很年轻，也极有气质。后来我才知道，白书记那年四十三岁。

办公室副主任安排我摘编苏木乡镇和部门信息供领导参考，随后介入旗委专项工作安排、会议纪要、领导临时讲话等文稿的起草。工作了一段时间，我被派到乌兰哈达苏木和红格尔图乡，就牧区小草库伦建设和农区春耕备耕情况分别做了专题调研。据说调研是白书记亲自安排的，他一定看了我写的两篇调研报告。

一九九二年初，察哈尔右翼后旗启动建设当郎忽洞苏木米家梁牧业防灾基地，白书记任工程总指挥，办公室朱主任是常务副总指挥。四月底的一天，朱主任走进我的办公室说："你回家收拾一下牙具和替换的衣服，随我到米家梁。"

米家梁基地号称"万亩滩"，这里几千亩接近退化的牧场要改造成饲草料基地。工程指挥部设在现场，是临时打扫开的三间旧土房，我和朱主任住其中一间。我协助主任调度打井队进驻，调度拖拉机翻地，林业局技术员规划种植沙榆、沙棘、柠条、优若藜等耐旱灌木，我帮他们手工画图纸，后来几天在新开垦并把耱好的地里泼洒农家肥羊粪。察哈尔右翼后旗大后山春季风大沙多，整天刮得天昏地暗，在米家梁一天劳作下来，耳朵眼、眼角、唇边都是泥土和羊粪沫子，每天晚上洗脸，洗下的泥沙粪污会在盆底淤积。我心里虽暗暗叫苦，但觉得能参与米家梁基地工程启动建设，也是一次极好的锻炼机会。第十一天晚上，朱主任说："我再住几天，你回单位吧，回去找白书记，你接替其他同志做白书记的秘书工作。"

二

"上任"头几天，我心里老是打鼓，不知道能不能胜任这份"重要"工作。三月，旗委开全委扩大会，提出"以经济建设为中心，强化工农牧业基础建设，发挥资源优势，以工矿业为主导，全面振兴察右后旗"的总体思路。我反复学习和研读白书记在大会上的报告，从中领会他新任第九届旗委书记后的发展构想。当时的察哈尔右翼后旗以农牧业为主，工矿业基础极为薄弱，全旗仅有丝钉厂、奶头锤厂、面粉厂、地毯厂、油毡厂等几个"作坊"式的工业、轻工业企业，矿业就是卖石灰石原料、石渣和火山灰渣，商贸业也不发达，全旗没有一处成形的市场。政贫民贫是察哈尔右翼后旗最大的旗情，全旗地方财政收入不足四百万元，近二十一万人口中，绝对贫困人口就有十四点七万，占农牧业人口的百分之八十一点七，是较为典型的贫困旗县。作为从当地基层一步步成长起来的干部，白斯楞身上的压力很大。他有带领全旗农牧民摆脱贫困的压力，也有如何发展全旗经济的压力，我能从他凝重的神色中体会得到。我琢磨白书记的思路，他是想打好农牧业基础解决贫困群众温饱问题，他想让察哈尔右翼后旗逐步向农牧业、工矿业、商贸业并举、富旗富民同步转变。

给白书记当秘书后，我随他下苏木乡镇和企业调研的时候多了。他在调

研现场和座谈会、汇报会等场合发言，我留心记下，在起草他的讲话稿中，琢磨如何在归纳整理后体现他的意图，让他的思路更连贯、深化、完整。

四月底，以股份合作形式投资近二百万元的土牧尔台洗毛厂动工建设，胜利乡壕赖沟金矿也正式开采。下半年，投资二百万元的面粉厂炒米车间改造项目启动，我随白书记参加了剪彩仪式。洗毛厂和炒米车间改造是当时的两个大项目，投资额相当于察哈尔右翼后旗全年的地方财政收入。九月，旗委提出建设土牧尔台皮毛市场的总体设想，白书记指定旗工商局着手制定市场建设的优惠政策。

白书记还紧盯着一个"大项目"，这个暂定名为"乌兰水泥厂"的项目，是拟列入国家和内蒙古自治区"八五"计划的重点项目，也是当时内蒙古自治区最大的扶贫项目。这个项目上马，对于察哈尔右翼后旗乃至乌兰察布盟而言意义重大。白书记刚当旗长时，就组建了专门的筹备处进行初期论证。建材项目主要依托资源，察哈尔右翼后旗境内已探明有六千六百多万吨优质石灰石，可谓得天独厚，项目投资估算五亿六千万，规模为525号水泥年产七十万吨，但这个项目投资还没有明确来源，是不是在察哈尔右翼后旗建厂也一直悬而未定。

一九九二年十月五日，白书记参加国家建材局在乌兰察布盟召开的乌兰水泥厂可行性研究报告审查会，我随同前往。这次会议有国家建材局领导、专家，有自治区副主席，有盟、旗领导以及天津水泥设计院等负责人参加。会议进行了一天半，其他议程进行顺利，但有关行政领导和专家就厂址选择问题仍争论不休。大会最后半天，轮到察右后旗领导发言，白书记以令人信服的资料和数据，陈述在察哈尔右翼后旗建厂的资源优势和交通、用地、用工等有利条件，以十分诚恳的承诺表明察哈尔右翼后旗对水泥厂建设的地方配套举措和政策支持。他讲十多年来察哈尔右翼后旗为筹备乌兰水泥厂的艰辛付出，讲察哈尔右翼后旗的贫困状况，讲二十一万人民求发展、盼脱贫、期盼这一项目落地的强烈愿望。他的发言结束后，全场报以热烈的掌声。我在最后排的工作人员席上听会，跟着白书记发言的节奏，我全身的血液不停地涌动，又不断地往头上汇集，最后竟然满眼泪花。我寻思，水泥厂在察哈尔右翼后旗落地，应该是铁板钉钉的事了。

这次发言，是我给白书记当秘书期间听他讲得最为动情的一次。

过了整整一个月，乌兰水泥厂选址工作正式结束，厂址选定在察哈尔右翼后旗红格尔图乡二道湾村附近。

三

我随白书记走遍全旗二十一个苏木乡镇，有的苏木乡镇一年至少去十几次。那时，从旗政府所在地白音察干到其他苏木乡镇全部是沙石路或黏土路。一辆213吉普车，车上备有铁锹和钢丝绳，车子在路途中经常因下雨下雪而陷入泥泞或困在雪地里。由于车况和路况差，除了到离旗政府较近的三四个苏木乡镇，到其他苏木乡镇都得住宿，吃饭在苏木乡镇食堂，有时在乡干部、村干部家里吃。一九九二年十二月，我随白书记调研各苏木乡镇贫困群众缺口粮和缺煤烧的问题，一个乡挨着一个乡走，在北部几个乡镇苏木，一去就是好几天。

吉棍塔拉乡是全旗数一数二的贫困乡。因缺少燃煤，在最冷冻的两个月，乡干部除了集中开会和处理当紧工作，大多回镇里居住，轮流到岗值班。我们到这个乡后，食堂不生火，于是被安排到乡党委秘书家吃饭，饭后住在乡政府院子西侧的一间空屋里。已是数九寒天，这屋子一冬没生过火，也没住过人，乡通信员提前抱回一大捆麦秸生火烧那盘土炕，我们饭后回屋休息，屋里仍是寒气逼人，冷得我直打哆嗦。司机想往灶里再塞些麦秸，可灶膛一直倒扑浓烟，呛得我们只好不时开门散烟气。白书记、司机和我夜里一点多才勉强睡下，后半夜迷糊了四五个小时。白书记说："乡苏木条件差，咱们对付着住吧，也不是天天下来，乡干部常年在这里工作，他们更不容易。"

那个时候，通信条件也差。白书记下乡后，要靠乡政府的手摇电话机与旗里其他领导沟通工作。秋季，我随白书记冒雨下乡镇检查防汛措施落实情况。晚上，手摇电话不是打不通就是中途断线，我干着急没办法，白书记也无奈，说这个问题一定要想办法解决。他没有食言，当年年底，察哈尔右翼后旗在全盟各旗县中首个开通无线电话。

察哈尔右翼后旗有白音察干和土牧尔台两个建制镇，白音察干镇仅有一条一九九〇年先后修的柏油马路，土牧尔台镇区内全部是土路。为改变城镇面貌，一九九三年初，旗委提出"人民城镇人民建，基础设施大家办"的城镇基础设施建设方针，并从五月初开始，采取企业或个人集资、义务劳动、镇建旗助等多种形式，实施以城镇道路建设为中心的城镇综合治理工程。为推动工程建设，在工程启动初和工程建设最关键的两个月里，白书记带着我，先后四次共计二十多天住在土牧尔台镇指导工作。九月底，两个镇主干道沥青路工程全部完工。这一年，察哈尔右翼后旗被评为全盟城镇建设先进旗县。城镇之外的基础建设也传来喜讯，九月十六日，白音察干镇到大六号乡三十三公里三级公路工程也正式竣工通车，结束了察哈尔右翼后旗无沥青公路的历史。

四

白书记一直想出去考察发达地区发展乡镇企业的做法和经验，特别是想去国内几个知名的集贸市场，学习考察政府如何扶持市场建设和培育市场发展。一九九三年七月底，他筹划走出去看一看。也许是考虑节省费用，也许是考虑考察途中不受交通工具限制多看几个地方，八月初，他决定带车南下。考察地是河北石家庄、江苏南京的两个大市场以及无锡和常熟。

在山西大同市城边的一家小饭馆，考察团吃了出发后的第一顿午饭。白书记点了一个砂锅豆腐，并对我们几个说，出去考察主要是解放思想，开阔眼界，学习先进经验，咱是贫困旗，饭菜住宿方面节省一点。他半认真半开玩笑地说，每天白菜豆腐足矣！这豆腐，咱们每顿都要吃，全程都要吃，吃遍大江南北！

石家庄市新华集贸市场是此行第一个考察地点。这个市场于一九九二年被评为"全国十大市场"，以批发服装为主，另有布匹、电子、鞋帽、日用百货、副食等多个批发零售门类，经营摊位上万个，经营者近三万人，市场面积之大令人咋舌，摊位和经营品种之多，让我们眼花缭乱。白书记重点听市场管理办公室负责人介绍如何培育和发展市场，随后在市场工商所坐下来，听工商所所长讲市场的一系列管理制度。一天的考察结束，晚饭前，白书记十分感慨地做总结：察哈尔右翼后旗土牧尔台镇皮毛绒肉资源丰富，又是原产地，市场建起来辐射半径大，现在却是有市无场，商家零零散散，我们要好好思考市场发展不起来的原因。他说，搞市场建设，关键要靠政府主导和引导，靠政策鼓励和扶持，对我们贫困旗，特别是要解决思想观念问题，要下决心"放"，不能这也不行，那也不敢，一定要拆除限制发展的"篱笆墙"。

次日晚七点左右，路过山东德州。进城后，我留心马路两侧的店铺，想找一处合适的住处。停下车问了一家旅馆，正好有床位，但条件极差，房间里没有卫生间，床上只有凉席和线毯，但价位便宜，一个标间一晚八元。我想再往前走，另找条件稍好的宾馆，但考虑司机跑了一天太累了，一时拿不定主意。回到车上，我征求白书记的意见。白书记说，不就是睡一觉嘛，就住这里！待安顿妥当，我们在旅馆旁边的小吃摊吃了一顿稀粥加煎饼卷大葱。

五

白书记和颜悦色，平易近人。

除了下乡和到部门或企业调研，白书记一直骑自行车上下班，车子总是擦得锃亮，下乡的时候，通信员就把车子推进机关门廊里。有两次，中午加班晚了一点，我妻子正好也出差，白书记说："图老师（白书记的夫人图牧若）已经做好了饭，去我家一起吃吧。"记得一次是吃莜面，一次是吃地道的手把肉。他骑自行车驮着我回家，路上遇有坑坑洼洼的地方，我就跳下车子，让他少费点力气。

白书记总是先考虑别人后考虑自己，对身边的工作人员也是这样。我随他在土牧尔台镇蹲点，一天早晨五点半，他敲我和司机住的房门："你俩起床吧，咱们回旗里有任务。"我起来后见他早已洗漱完毕。他的脸盆已换好半盆温水，盆里有泡好的毛巾。他说："盟领导上午八点要来我旗调研，我怕你俩惦记着早起睡不好，昨晚就没告诉你们，用我的脸盆和毛巾抓紧洗一下，然后咱们就出发。"

一九九三年十月，我家翻修一间由旧办公室改造的住房。有一天下午快下班时，白书记打电话让我去他办公室。我拿了纸笔，以为他要布置工作，见他批文件，我站在他办公桌前等了一两分钟。他拿出一个信封袋递给我，说："听说你这几天翻修房子，这两千块钱你先拿去用吧！"我一怔，然后极力推却。他站起来，硬是把钱塞进我的口袋，语调很缓地说："我是牧民出身，你是农家孩子。你成家没几年，孩子又小，我知道你生活的难处，我工资高，钱借给你，什么时候宽裕了还我都行。"过了一年多，他调离察哈尔右翼后旗后，我凑够钱还他，他坚决不收，说："你这孩子，这钱原来也不是让你还的。"我真不知该说什么好，心想，他对自己的侄子侄女也不过如此吧！

　　因工作需要，一九九四年一月底，白书记被盟委抽调到兴和县任下乡工作队队长，六月任职乌兰察布盟民族宗教事务处处长，直到二〇〇二年六月退休。一九九四年六月，我也离开察哈尔右翼后旗，调到乌兰察布盟委政研室工作。我俩真是有缘，在同年同月被调到盟里。在他任乌兰察布盟民族宗教处处长期间，在他退休后的这些年，我俩也一直交往着。

　　　　　　　　　　　　　　　　二〇一〇年二月于集宁

真情师友

　　教师节到了，我给在天津就读时的老校长赵树理先生打电话，问询他近来的身体情况。赵老师说，他身体还好，每天看看电视新闻，在社区活动中心打打球，精神头儿不比原来差多少，让我不必惦记。他说："你平时工作忙，找个节假日带夫人来天津放松两天，退休老头子没多少事了，你们来天津的吃住行由我全程负责安排。"

　　电话中，我没敢再安慰他要照顾好自己，怕勾起他失去爱妻周文砚的伤痛。他的夫人，也是我的老师周文砚病逝还不到半年时间。

　　离开天津民政学校二十九年了，几乎每年的教师节我都会给赵老师打电话，电话里还没和赵老师说完，周老师就抢过话筒也要和我唠上几句。在学校就读时，两位老师为我传道、授业、解惑，毕业后，也一直关心我的工作，关心我的家庭和孩子，我与二位老师的师生情谊历久弥新。

赵树理、周文砚是民政部人事教育司组建天津民政学校时选调的两位高级讲师，当年都是四十出头，精力充沛，教学经验丰富，不论是带班还是讲课，都是全身心投入。赵老师讲授心理学，周老师讲授伦理学，赵老师一开始担任我们的班主任，一年后升任副校长，后任校长，周老师接任班主任，直至我毕业离校。那时候，两位老师对我们倾注感情，倾其所学。他们丰富的学识和对教学方法的潜心研究以及突破固有程式鲜活灵动的讲课风格，巧妙地激发了每一位学生的专业兴趣和求知欲望，让我们开阔了知识视野，学到了实用的专业知识。他俩善于走进学生的内心世界，与学生真心交流，无论是老实好学的学生，还是活跃调皮的学生，都喜欢与他俩交流交往，都与他俩成为超越代际的好朋友。他们尊重学生个性，针对每个学生的性格、特点，激活学生思维，开发学生潜能，通过教育教学，在潜移默化中培养学生的审美情趣，重视学生的品德修养，注重引导学生塑造良好健全的人格，让学生在青春期树立积极的人生态度。两位老师教书育人，言传身教，无时无刻不让学生感受到他们的敬业和独特的人格魅力。

天津民政学校是民政部创办的全国第一所民政专业院校。学校初建，设施不是很完善，阶梯教室还没完工，上大课时，只好人人提个小马扎到礼堂听课。学校地处西郊区与静海县交界处，离市区较远，师生到市里都很不方便。入学后第一个月，赵老师发现我情绪低落，把我叫到他办公室，详细询问我的家庭情况，问我高中毕业后的应考过程，让我谈谈入学后对学校的意见和建议，并一直耐心地听。最后他说："学校新建成，在教学和学生生活保障方面是有不完善的地方，希望同学们理解，国家花不少钱创办学校，培养你们，就是让你们安心学习，将来走上工作岗位成为有用之才，你一定要振作精神，尽快进入学习状态。"后来，赵老师又几次找我谈话，直至我专心投入学业。

　　我还想起在学校时的两件小事。一天下午，在自由活动的时间，我光脚丫穿着拖鞋在校区广场溜达，迎头遇上赵老师。"庆英，好休闲呀！"我知道这话略带讽喻，便乖乖认错。赵老师仍是和言细语，给我讲校园纪律，讲文明常识。他说："个人仪容仪表看似小事，其实不然，学生要有学生的样子，相信你以后会注意。"另一次是刚下晚自习，我在教室抽烟被周老师撞见，我调皮地挤眼嬉笑，说："就这一次，下不为例！"周老师立刻拉下脸来，说："我把你那包烟没收了！"知道周老师是故意表现出愠怒的样子，我心里虽没多少紧张，但也乖乖地把烟盒交到她手里。那天正好是世界无烟日，借这个机会，周老师给我讲抽烟的危害，劝我早点把烟戒了。这两件小事，是两节特殊的课，让我至今难忘。

　　赵老师毕竟是教心理学的，能细致分析每个学生的性格特点，然后因人而异进行培养，让学生认识自己的个体价值，树立自信心。为了让我克服内向性格，赵老师征求我的意见后，让我担任团支部宣传委员；根据我的兴趣爱好，支持我筹办校报，让我担任校报主编，还专门给我协调解决了一间校报编辑室，配了制版和复印设备。第二学年，赵老师和周老师鼓励并支持我在组织上争取进步，一九八八年六月，我如愿加入中国共产党。

　　毕业后，我回到原籍乌兰察布盟，被分配在察哈尔右翼后旗民政局工作。赵老师通过在民政学校学习的乌兰察布籍学生，两次给我捎来天津特产桂发祥麻花；周老师每年都要到商店为我女儿挑选小花衣、小裙子寄给我，每次一大包，包裹缝得细细密密。女儿考上高中后，周老师专门从天津的专卖店买了一身运动衣寄来，表达对孩子的祝贺。

　　一九九〇年夏秋之际，民政部人事教育司委托天津民政学校编写《社会工作心理学》教材，赵老师和南开大学孔令智教授决定来呼和浩特统稿。一天，隔壁办公室的同事喊我，说有天津打来的长途，我跑过去接电话，正是赵老师打来的。他说："下周我到呼和浩特，你和单位请个假，过来和我小住几天。"在呼和浩特那一周,我跟他一起吃住,自治区民政厅有关联络接待人员还以为我是赵老师带来的研究生。天津民政学校撤并后,赵老师于一九九二年底被调至天津政法管理干部学院,先后任教和分管行政工作,被评聘为副教授,与天津其他院校教授合作撰写并出版了两部学术论著。周老师比赵老师早退休,被北京民政管理干部学院等学校聘请任教。

这么多年来,我和赵老师、周老师的通信往来一直没有间断,与二位老师的师生关系也随着他们的关心和关爱与日俱增。一九九四年十二月,赵老师回信,信中写道:

庆英学友,正忙一部书稿的整理出版,来自塞外充满情谊的书信,让我这个小家庭顿时活跃起来,全家三口争相传阅,先睹为快!你在工作环境差、收入少的情况下默默坚守,努力工作,从旗民政局到旗委办公室,再走进盟委机关,我和周老师为你的进步感到由衷的高兴!正所谓功夫不负有心人,只要想干出个样子并努力去干,将来定会大有出息。你忠厚诚实,这是待人处事的基本原则,也是机关工作人员必备的品质;你文字功底好,也有基层工作经验,但你要克服性格内向、凡事忍让过度、该表现时不善表现的弱点,多动脑筋,取人所长,补己所短。现在到了新的环境、新的岗位,你要注意身体。今后五到十年,是你干事和进步的关键时期,一定要把握好,争取更好的发展。

我一遍遍细读赵老师的来信。两位老师的话既是对我的肯定,又是对我的鼓励,关爱之情溢于言表。后来,我在机关担任科长一职,赵老师又来信告诫。"古人讲'学而优则仕',其实'学'和'仕'本身是两码事,你现在既然走上'仕'途,就要义无反顾走下去。你要谨慎交友,谨慎做事,诱惑常提防，俭德可避难！"他还告诉我，工作之余，要学会照顾老婆孩子，"无情未必真豪杰，怜子如何不丈夫！"他们是提醒我，在人生的每时每处一定要把握好自己，别有任何闪失。自从有了手机，师生间的书信少了，但短信不断，每逢中秋节和春节，赵老师和周老师往往是先打电话给我一家子送来问候。

退休在家的两位老师住在天津梅江小区，居住环境好，居室面积也较大，二人清闲自在，安享晚年。周老师做做饭、散散步、看看报纸，略比过去清瘦，可仍不失俊俏雅致；赵老师在电视或网上看新闻，早晚开车接送小外孙上学放学。老爷子天生乐天派，六十七八岁了，依旧面色红润，目光炯炯，精神矍铄，走路像一阵风，他的女儿给他买了部家用轿车，他开得特别溜。二〇〇五年，我到天津办事，赵老师来来回回开车接送，周老师专门在家包了饺子，拿出一瓶珍藏多年的酒招待学生。二〇〇九年，我和妻女路过天津看望两位老师，他们执意在酒店安排好饭，请我们吃虾蟹。他俩嘱咐我女儿一定要努力学习，争取上一个好大学。女儿说："天津的教授爷爷奶奶对爸爸、对咱一家子太好了！"

今年四月七日，周老师因病去世，火化当天中午，赵老师才打电话告知我。他说："周老师走了！"我一时懵了，一再追问："周老师是病了有一段时间，还是突发疾病？您咋就不告诉我呢？"赵老师说："周老师病重时留下遗言，她的病不让告诉学生，不让学生来津看她，也不让给她办理后事时麻烦学生，我们尊重她的意愿，请你谅解。"

那一刻，我东望津门，泣泪顿首，痛悼文砚先生千古！

今天，问候赵老师，追忆周老师，因为我永远珍惜、永远难忘与他俩难能可贵的师友关系。我知道，老师给予我的不仅是知识，不仅是做人的道理，还有更多的东西让我受用终生。

二〇一七年九月十于集宁

树明老兄二三事

王树明老兄从察哈尔右翼后旗来市里，受邀给一个市直单位做公文写作专题讲座。他打电话约我，说晚上有空就见个面。我有好几个月没见他，当晚，我俩吃了便饭，我没回家，陪他住在宾馆的房间里。他退休整整一年了，我想和他好好唠唠。

我和树明出生在同一个乡，我参加工作后就认识了他，那时我俩都担任所在单位的团总支书记，后来又同在旗委办公室共事三年多。他是一个与我秉性相合、志趣相投的好朋友，好兄长。三十多年的交往，在我的生命中留下很深的印记，我常常在不经意中想起他。那天，我半开玩笑地说："我现在是市老干部工作部门负责人，退休后的你虽然退在了旗县，但也是我服务管理的对象，有空你就常过来。"

树明出生于一九五九年四月，和我一样都是农家子弟，他姐弟五个，在弟兄四人中排行老二。他的父亲原是旗粮食局干部，一九五八年下放到原籍察汗淖公社劳动，于是，他生下来就随父母变为农村户籍农民身份。二十世纪七十年代末，他的父亲复职，他们全家搬回镇里。曾经听他回忆小时候的一些事，他说他的童年时代正是极其困难的那几年，全家吃麸皮谷糠度日，想象不出忍饥挨饿的日子是怎么熬过来的。十三四岁时，他到公社学校住校读初中，还穿补丁摞补丁的衣服。当时，公社学校留有校田，养了六七十只羊，每个假期他都不回家，留在学校宿舍里勤工俭学。秋天，他为学校看护菜园，在打谷场值夜；冬天，帮羊倌给羊投放草料，夜里照应母羊产羔。得到报酬最多的一次，一个月挣了八元钱。经历过艰难岁月和生活磨砺的树明，比多数同龄人更成熟，更坚韧坚毅。他说，这也是他一生的财富。

所有与树明熟悉的人都说他是一个怀德、厚道、重情、真诚的好人。他低调谦和、心底无私，有困难自己扛着，有成绩也不邀功；他懂尊重、善理解，责己恕人，能忍耐让他受委屈的事，能宽容对他不敬、给他伤害的人；他沉稳平和、乐观知足，几乎没见过他为工作、为生活表露出焦虑或沮丧，没见过他有一次抱怨，发一次牢骚，没见过他与别人因一时之气而无谓相争；他乐于助人，同学同事、朋友邻里谁家有婚丧嫁娶、急事难事，他总是最早赶去帮忙，细枝末节处都替他人想得周到，安顿妥当。他身上的正能量时时在影响他人，惠及他人。与他相处，如浴暖阳，如沐春风，让人心里特别舒服。

树明的勤勉敬业在工作圈内是被一致认可的。参加工作后，他先在旗医院、旗卫生局当秘书；一九九二年初，调到旗委办公室当秘书。四十年的职业生涯，他几乎都在公文写作、政务服务的岗位上。在他身上没有多少丰盈的故事，有的是尽心尽力做事、默默无闻付出，他兢兢业业、认真负责的工作态度和作风，感染了身边的每一位同事。记得在一九九三年深秋的一天，察哈尔右翼后旗委领导到北部乡村开展退耕还林调研工作，我和树明两位秘书随行。因路况颠簸不平，傍晚，车队行至当郎忽洞苏木西北的坡沟里时，三部吉普车中的一部弓板断裂，调研组只好把车留下待修。这里前不着村，后不着店，也没有移动通信工具，树明主动请求留下看车。他一个人没吃没喝，没铺没盖，在野外的车上守了一整夜，第二天又守了一上午，一直等到镇里汽修店师傅准备好更换零件赶去修理，到晚上，他才把车带回单位。有一年初夏，由于下雨导致单位院内地面积水湿滑，他一大早赶去单位加班，不慎摔倒，右腿骨折，住院和居家养伤近三个月。他没告诉我，后来我听来市里开会的同志说起这事，周末抽空回察哈尔右翼后旗看他。他的床头放着笔，堆了一摞材料。嫂子说："他又写了好几天，劝他休息，他不听话，只怕误了公事。"

树明把个人进退得失看得很轻很淡。二〇〇二年下半年，树明任旗政府办副主任兼编办主任，一年多后，转任旗国土资源局局长，他始终按原则办事，不逾规矩，不破底线。二〇〇五年初，他打来电话与我商量，准备把国土资源局局长岗位"让"出来，想再回办公室做政策研究和文字把关工作。之所以这样考虑，一是组织需要、领导信任，二是他多年做文字工作，轻车熟路，办公室更适合他发挥作用。没多久，他真的回去了。当时，有不少人不理解他的选择，每每听到一些议论，他总是坦然一笑。

树明用手中的笔为时代讴歌，为事业奉献，也在默默耕耘中守护着自己的心灵家园。他的写作功夫来自于勤学善思，得益于三十年来笔耕不辍，他始终践行"以文辅政、以文化人"的写作理念。他写领导讲话、调研材料既朴实又言之有物，从不刻意粉饰，一个词、一个句子、一个数字，一个标点符号都细之又细，慎之又慎，正与他沉稳的性格相符。退出实职岗位后，他结合自己多年从事文秘工作的实践经验，编写了五万多字的《文秘写作实操》课件，为办公室和旗直单位文秘人员搞公文写作培训，还为其他旗县、个别市直单位文秘人员做讲座。办理退休手续前，他人虽离岗，心却未"到站"，每年仍有大半年时间回旗委办帮忙，既亲自撰写文稿，又手把手指导培训秘书。二〇一七年以来，他为察哈尔右翼后旗打赢脱贫攻坚战发挥余热，挖掘整理汇编脱贫攻坚典型案例并进行宣传，帮助办公室撰写相关材料，一干又是三年。

树明还是察哈尔右翼后旗政协委员，他利用业余时间主编《话说内蒙古乌兰察布：察哈尔右翼后旗》，由内蒙古人民出版社出版。该书展示了察哈尔右翼后旗历史文化、风土人情、旅游资源和建设成就，为人们提供了一个了解察哈尔右翼后旗的窗口。

树明上孝下慈，退休后，他伺候九十岁的老父亲，做饭洗衣，无微不至；近年他还照应小孙子，每说到孙子，他的脸上总挂着满满的幸福。每年春节和中秋节，树明总是买上水果、牛奶和滋补品去看望我的老妈妈，多年来从未间断。在疫情严峻、各级干部和防控人员紧张忙碌的那段日子，我因下旗县督导工作以及参与包联小区防控工作，一个月没能回老家看望母亲。树明买了一袋面粉、十几斤蔬菜送到老人家里，心细的他还给老人留下二十只口罩。为此，母亲的感激老挂在嘴上，我和姐姐、妻子更是十分感动。我们多数人都能做到孝敬自己的父母，但能做到"老吾老以及人之老"的怕是为数不多，树明做到了。

我写下几段有关树明老兄的文字，不仅是为接续我俩多年来的友情，更想表达我对他的尊敬，也表达对他的祝福。他是我心目中一棵枝繁叶茂的大树，我祝这棵大树长青常绿。

二〇二〇年五月十八日于集宁

第六辑 心作诗书走天涯

● 小时候，我看过陕西乡土剧团来我家乡演出的秦腔剧，也看过电视连续剧《大秦之腔》。这次坐下来慢慢品味，觉得听高亢激昂的秦腔如同喝陕西西凤酒，那种粗犷豪壮之气，那种暴烈、悲怆直直沁入肺腑，再翻涌上来，真想跟着吼几声。

● 在深圳和西安时，我都有过写点什么的想法，但由于参会事务缠身，最终未能记下只言片语，如今把两个城市联系起来，觉得还是有些粗浅印象可以写写的。

● 第一次知道"思歌腾"是"知识青年"的意思，是我走进呼伦贝尔市新巴尔虎右旗的那天。新巴尔虎右旗位于祖国东北边陲，是当年天津知青到内蒙古插队的旗县之一，现旗政府所在地阿拉坦额莫勒镇建有思歌腾广场。

● 生在草原，长在草原，再没有任何字眼比"草原"二字更让我感到温馨和亲切。我把草原揽在怀里，今生今世舍不得撒手，我把草原藏进心间，奔涌的诗行倾诉我深深的挚爱；我把草原投入梦中，草原一次次掀起并蓬勃着我的依恋。

伟人故里淮安行

　　南下江苏，我在淮安这座有两千二百多年历史的淮北名城短暂停留。淮安沿大运河，临洪泽湖，是水乡宝地，历史上是驿路重关，南船北马交会之地，尤其是在明清时期，淮安作为漕运枢纽、盐运要冲而名倾朝野、誉满天下，与扬州、苏州、杭州并称为运河沿岸四大都市。一六八四年，清康熙皇帝南巡，乘坐龙舟途径淮阴（今淮安），即兴写下《晚经淮阴》："淮水笼烟夜色横，栖鸦不定树头鸣。红灯十里帆樯满，风送前舟奏乐声"，用特写镜头描绘了运河名都淮安的繁华鼎盛。

　　淮安人杰地灵，历史上英才辈出。秦汉之际的军事家韩信、汉赋大家枚乘、南宋巾帼英雄梁红玉、明代大文学家吴承恩、清代民族英雄关天培，就足以让淮安人满满的自豪，更值得淮安人骄傲的是，一代伟人周恩来就诞生在这里并度过了他的童年。

怀着深深的钦敬和缅怀伟人的激动之情，我们一行五人走进周恩来同志故居。故居坐落在淮安市淮安区驸马巷，由东西两个老式宅院组成，有青砖灰瓦的平房三十多间。据介绍，这处宅院建于清咸丰至光绪年间，院落玲珑雅致，颇有江南古宅的风格。院内一口水井依旧，青石井沿深绿、斑驳的苔藓仿佛在告诉人们，这座老院经历了上百年的岁月洗礼，似乎还诉说着世事更迭中周家几代的沉浮与变迁。院子里，还有周恩来儿时亲手浇灌培育的一株梅树，这株梅树被淮安人称为"一品梅"，寓意总理"官至一品、德至一品、人至一品"。

一八九八年三月五日，周恩来在这个院子里出生。他在这里度过了他的童年。一九一〇年春天，十二岁的周恩来被四伯派人接到东北，自此离开淮安，终其一生再没回来过。故居西院北屋靠西三间是周恩来出生和生活的地方，靠东两间是他儿时读书的屋子，书房里陈列着周恩来当年用过的书桌、书橱和油灯等。从四五岁开始，周恩来受生母万氏教诲，学为人处事理家常识，聆听嗣母陈氏讲述关天培等中华英杰的故事，常常"绕膝不去、终日听之不倦"。此外，嗣母教导他练习书画，熟读古典名著和古文诗书，乳母蒋氏还教给他一些种瓜种菜的农事技能。当时，周家家道中落，幼小的周恩来十几岁就开始帮助大人料理家务，照管柴米油盐。周恩来离开这里后，抱着"为中华之崛起而读书"的远大志向，先后在东北、天津求学，及至后来踏上革命征程，终生矢志不渝践行这一理想。

我们一行步履缓缓，神情庄重，继续聆听讲解员饱含深情的解说。

月是故乡明，人是故乡亲。总理十二岁离开淮安，虽然再没回来，但他一直怀念故土，思念家乡，多次表达恋土思乡的浓浓深情。一九五九年，总理从广州飞北京途中临近淮安时，走进飞机驾驶舱俯瞰家乡故土。当时，飞行员降低飞行高度，在淮安上空盘旋。总理说看见了大运河、文通塔、镇淮楼，说完之后坐回座位陷入沉思。

二十世纪六十年代初，周总理倡导改革丧葬习俗节约耕地，带头移风易俗。经他一再要求，一九六五年农历除夕，当地大队干部组织社员，将周家祖坟重新深埋，坟头全部平掉恢复为农田。后来，总理寄给公社七十元钱，作为生产队平坟工资和赔偿青苗损失费。

听了总理这些鲜为人知的往事，现场参观的每个人都肃然起敬，被总理一切为国家为人民利益着想的胸怀、被他大公无私的精神感动着。

从总理故居出来，我们一行去淮安城北瞻仰周恩来纪念馆。一九八八年三月，该馆奠基建设，于一九九二年一月开馆。纪念馆三面环湖，碧波荡漾，另一侧松柏葱郁，芳草茵茵。位于纪念馆广场中轴线上的周恩来铜像，高七点八米，象征总理走过七十八年的光辉人生。后面是仿北京中南海西花厅样式的建筑，还原并展现了周总理当年生活和工作的场景。主馆壮观、庄严、凝重，抬头仰望，"周恩来纪念馆"六个鎏金大字熠熠生辉。

缓步走进大厅，我们默立在周总理坐像前，刹那间，我感觉周总理眉宇间有一股浩然正气直冲霄汉。陈列室里，有周总理从事革命活动的大量珍贵文物、照片，内容丰富，资料翔实，记录了总理辉煌的革命业绩，记录了他为革命、为人民披肝沥胆、鞠躬尽瘁的伟大一生，记录了他作为革命家一贯艰苦朴素的高风亮节。看到周总理生前穿过的那件补了又补的内衣，看到那件用口罩纱布、旧毛巾补得层层叠叠的睡衣，看到邓颖超同志为周总理在病榻上处理文件特制的小木桌，我抑制不住热泪盈眶。我觉得，在陈列室参观对任何人来说都是心灵震撼。周恩来总理勤俭朴素，两袖清风，呕心沥血，鞠躬尽瘁，甘为人民公仆，以毕生精力践行一个共产党员全心全意为人民服务的宗旨，这种人格精神，无论过去、现在还是将来，永远是中华民族宝贵的精神财富。

在淮安的短短半日，我心里全然没有游览胜迹的闲适之情和漫游天下的悠然自在。从故居和纪念馆走出来，我感觉刚刚和"一个高尚的人，一个纯粹的人，一个有道德的人，一个脱离了低级趣味的人，一个有益于人民的人"进行了一次心灵深处的对话，胸中奔涌着滚烫的热流。一路上，我几次拿起笔，想写下那许许多多的感受，竟不知用怎样的文字表达出来。

一九九三年八月九日于江苏淮安

此去无锡最流连

几乎是刚刚走进无锡这座闻名遐迩的江南名城，我就被它悠久的历史、深厚的文化底蕴和城乡灵秀的美景所吸引。对于无锡，过去只是从书本上略知一二，偶尔也听去过无锡的朋友介绍大概，想去无锡看看的种种思慕如今一下子变成眼前的现实，我不由自主地激动，急切地想了解关于这里的一切。

无锡，商周时期是吴文化发祥地，战国后期是楚国贵族春申君的封地。汉高祖五年（公元前二〇二年），无锡正式建县，相传因汉初锡山的锡矿开挖殆尽而得名，当时的经济文化已相当发达，特别是隋唐时大运河的开凿和畅通，使这里成为一处富甲天下之地。无锡名胜古迹众多，有锡惠公园、寄畅园、梅园、鼋头渚公园、东林书院、阖闾城遗址等，是江南著名的旅游胜地。

　　我随察哈尔右翼后旗赴江浙发达地区考察团第一次到苏南，无锡是考察的第一站。无锡是我国农村较早开辟中国农村工业化道路，率先发展乡镇企业的地区之一，创造了中国农村加速发展的奇迹，也创造了令人瞩目的"苏南模式"。

　　到达无锡的第二天上午，无锡市委安排我们参观郊区扬名乡金星村一个村办企业——新纺合纤厂。一九八五年，该厂仅有三十八名职工，现已发展成一个名副其实的现代化大企业。二十世纪九十年代后，他们不惜重金，不断引进高科技人才，引进德国、英国、日本先进的化纤制造设备，依靠科技进步提升产品质量，迅速扩大规模。一九九一年，销售收入达到一点二亿元；一九九二年，名列中国化纤企业利税大户第八位，成为无锡市重点骨干企业。窥一斑知全豹，二十世纪八十年代初，农村改革起步，无锡人凭借得天独厚的区域环境和历史传统，敢为人先，敢于拼搏，乡镇企业在短短几年内异军突起，逐步走出低层次、小规模、简单加工的阶段，完成"量"的集聚。八十年代中期，无锡乡镇企业已经三分天下有其一，各个乡镇几乎村村有企业，户户搞加工。

　　我一路走，一路看，两天来一直沉浸在激动和感慨之中，察哈尔右翼后旗与无锡经济发展的差距之大，也让我们深深反思。我们应学习无锡人在艰难曲折中敢闯敢干、敢为人先的精神，学习他们实干的精神。

　　苏南经济飞速发展，广大农村面貌变化巨大，无锡是一个缩影，也是一个样板。无锡给人最直觉的印象，是这里乡村沧海桑田般的变化。集体经济的殷实让农村变成桃园仙境，让农民得到最大实惠。过去的泥墙草棚已经被一幢幢漂亮的苏南风格小楼替代，看上去既有水墨江南的韵味，又有现代建筑的新颖。楼上楼下，电灯电话，出门即柏油路，抬脚即上公交，臭水塘变成了景观湖，垂钓台、水上廊道、竹屋苗圃一应俱全，假山、盆景点缀房前屋后，丝缎般的小瀑布给江南水乡增添了灵动的韵致。真是百闻不如一见，事实摆在这里，谁都不能不信服。

除了陪同我们参观考察，三天的时间里，热情的无锡人还给我们讲了很多生动的故事。从太伯、仲雍南奔"荆蛮之地"，文身断发建立句吴国，讲到清康熙、乾隆皇帝十二次游览寄畅园；从苏东坡"独携天上小团月，来试人间第二泉"，讲到罢官归里的顾宪成撰写东林书院那副脍炙人口的对联："风声雨声读书声声声入耳，家事国事天下事事事关心"……历史上的一幕幕往事如同夜间舳舻漂行大运河撒下的点点渔火，在眼前忽明忽暗，令我陷入无限遐思。

我被江南美景所陶醉，婆娑的绿树、清明的山水和淳朴的民风令我流连忘返。一次晚饭后，无锡接待方安排我们几人自由活动，大家正好有空欣赏无锡市的街景。忽然间，我想听一听无锡的评弹，虽然听不懂，但想感受一下现场氛围，想品一品那独特的江南韵味。据说评弹起源于苏州，发展于常熟，成熟于上海，兴盛于无锡，无锡曾被誉为"江南第一书码头"。听无锡市政协一位领导讲，二十世纪七八十年代是评弹最辉煌的时期。那时，广播里播放评弹，居民和游客茶余饭后借以消遣的也是听评弹，市区有上百家评弹书场，场场满座，一壶清茶，一碟茶食，几声琵琶，珠落玉盘，妙音清词，十分精湛。打了个出租车，司机说："街上的书场有是有，但不知道今晚有没有演唱活动，过去看看吧。"在车上，司机猜到我是北方人，说："听你的普通话讲得也不太好，无锡市民大多讲方言，你可能一句都听不懂，自己出来逛，问路就蛮费劲了。"

到书场一看，评弹俱乐部的牌子倒是挂着，但门面悬挡了木头门板，着实让我遗憾。在附近的音响柜台，我买了两盘评弹磁带，只好带回家听了，可那毕竟不是现场的感觉。

在无锡的考察很快结束了。临行前，无锡人说，不游太湖，等于没来无锡，于是我们在"太湖佳绝"的鼋头渚游览了半天。

　　鼋头渚的园林布局别具一格，历代许多文人学士游经此地并留有墨香。沿太湖茂林修竹，森荫蔽日，洞壑峰岗，千姿百态，虽然是天热难挨的夏末，但走进林荫间，顿觉凉气袭人，暑意尽消。我们登上后山高处的天倪阁，进入一处茶楼品茗小憩。精致的待客室更是别有一番雅韵，身着白衬衫、深蓝裤的三名服务员双手端着洁白的搪瓷托盘，先为我们递上热毛巾擦汗，随后给每人送上一杯茶水。那透明洁净的筒形玻璃杯里，鲜嫩的绿茶一片片沉下，再慢慢展开、浮起，茶香四溢，古韵悠悠。品茗之后，大家从不同角度观赏万顷太湖。清新雅绿之间，帆影点点，远处山岚，憧憧浮动。下了茶楼，我顺着遍布青苔的石阶走近湖岸，立于鼋头巨石之上，一时间身心仿佛化入仙界，面对如此美景，我文思枯竭，只好暗笑自己"眼前有景道不得"，忽然想起苏东坡游太湖"石路萦回九龙脊，水光翻动五湖天"的名句，甚是可信矣！

一九九三年八月十二日于江苏无锡

深圳与西安

借参加全国经贸洽谈会的机会，我这两年分别去过深圳和西安，从不同角度观看，这两座城市所处地域、历史文化特点和风土人情迥然不同。在深圳和西安时，我都有过写点什么的想法，但由于参会事务缠身，最终未能记下只言片语，如今把两个城市联系起来，觉得还是有些粗浅印象可以写写的。

深圳是改革开放后崛起的沿海新城，是一座洋溢着现代化气息的花园城市；西安则是内陆历史文化名城，在中国六大古都中建都朝代最多，帝都历史最长，最负盛名。深圳年轻、气派、睿智、豪迈，活力奔涌；西安则有内涵、有品位，既保留、积淀着浓重的中国传统文化，又处处散发着新世纪千年古都的独特魅力。

一个年轻，一个古老，基本上定格了深圳与西安街道及建筑的特点。深圳依山傍水，鳞次栉比的楼群拔地而起，三百八十四米高的地王大厦舒展在花卉草坪间宽阔的深南大道，令人惊叹。相比之下，西安城区楼层不及深圳高，马路不及深圳宽，但内城外城布局规整，在透着现代气息又融入古朴风格的建筑上，悬挂着老字号招牌，再看看高大厚实的古城墙和气势恢宏的钟楼、鼓楼，让你有一种从遥远的汉唐穿越时空一直走到今天的幻觉。

二十多年前，深圳还只是一座仅有三万人口的边陲小镇。"东方风来满眼春"，一九八〇年八月，深圳经济特区成立，自此开始大规模建设，不仅创造了奇迹般的"深圳速度"，而且吸引和集聚了来自五湖四海的创业者。高效和包容是深圳的两个特点。深圳人睿智、精干、富有朝气、敢于创新，普通话和快节奏，使人与人之间不再有距离感。西安市区以历史上聚集城里的关中人为主，操着大致相同的方言，来自周边县的民工和商贩也占不小的比例。历史上，西安人才辈出，名列史册的人物至清末就有一千多位，包括帝王将相、忠义侠士、文人墨客，还有天文、农事、医学、史学方面颇有成就的古代学者，他们为中华民族发展演进做出过重大贡献。

不同的地理方位、不同的历史渊源和不同的人口构成，形成城市不同的文化特色。

就饮食而言，深圳兼容并蓄，在深圳可以吃到全国八大菜系的各种菜肴，快餐店多，海鲜较多，广式早茶十分普及并颇有深圳特色。几个朋友、两三个生意伙伴或一家几口走进早茶馆，边看报边吃边聊天，一吃就是一两个小时。深圳的夜生活非常丰富，华灯初上时，年轻人的聚会、娱乐消遣才刚刚开始。到深圳的第二天，我去罗湖区乐园路吃海鲜。几百米长的一条街熙熙攘攘、人声鼎沸，除了有二三十家海鲜酒楼外，店铺门前还摆了上百张简易餐桌。夜幕还未降临，就已座无虚席。本市消夏的男女，外来觅食的过客，穿花裙的年轻女孩，光膀子的打工汉，碰杯声、猜拳声此起彼伏，大排档上濑尿虾、扇贝、基围虾、生蚝、蛏子、花甲等品种繁多的海鲜，价格低廉又新鲜肥美，生意那叫一个火爆。西安人喜食羊肉泡馍、葫芦头、酸汤水饺和宽带面等，都是当地颇有名气的传统风味小吃。若你走进一个卖面食的小餐馆，会看见红脸膛浓眉毛的秦川大汉，蹲在板凳上享用油泼辣子宽带面。要是想去一家羊肉泡馍老店、名店品尝一下，那至少要在众多的食客中排队要号，坐等伙计叫号，没有一个小时坐不到饭桌上。

据说，每逢中秋节和春节，深圳人就会大批大批回老家和家人团圆，特别是春节，整个深圳人走大半。西安则不然，越是逢年过节越热闹，凡是有重大节日或庆祝活动，在街头可以看到秧歌、锣鼓等体现秦川文化的民间文体表演，到剧院可以欣赏大型仿唐乐舞演出。值得一提的是，在西安可以随时随地听秦腔。我住的酒店在南城墙根下，往西三百米有一家秦腔票友活动场所。我走进去选一个角落坐下，听了一个多小时，工作人员还免费送上茶水和两碟子干果，很是热情。小时候，我看过陕西乡土剧团来我家乡演出的秦腔剧，也看过电视连续剧《大秦之腔》。这次坐下来慢慢品味，觉得听高亢激昂的秦腔如同喝陕西西凤酒，那种粗犷豪壮之气，那种暴烈、悲怆直直沁入肺腑，再翻涌上来，真想跟着吼几声。

深圳有国际花园城市之美誉，旅游以海滨风光和市内观光为主，全年旅游收入三百二十亿元左右。乘坐双层观光大巴，可以饱览这座亚热带海滨新城的秀美风光。市区内有锦绣中华、世界之窗、中华民俗文化村等人文景观，设计布局和构筑精巧别致。西安则有众多名胜古迹可去寻访，城内大雁塔、碑林博物馆以及城外的乾陵、兵马俑博物馆、华清池等名胜古迹驰名国内外。西安至今保存完好的较大的名刹古寺有二十多处。除汉文帝灞陵、汉宣帝杜陵和秦王嬴政墓外，围绕西安城周边的汉唐两代帝王陵墓就有三十多座，难怪人们说"南方的秀才北方的将，陕西的黄土埋皇上"。脚踏这片土地，一种雄浑豪壮之感顿生胸中。

　　深圳既是中国改革开放的窗口和"试验田"，又是沿海发达地区率先实现现代化的缩影。乘着改革开放的东风，深圳立足发展外向型经济，迅速形成以高新技术产业为先导，以先进工业为基础，以发达的第三产业为支柱的现代产业体系。西安的经济发展与深圳的差距较大，进入二十一世纪以来，西安借助国家西部大开发的历史机遇，摆脱沉疴，奋起直追。中国东西部合作与投资贸易洽谈会（西洽会）自一九九七年创办至今，已连续在西安举办八届。除了旅游业外，西安的科技实力也闻名全国。西安有四十多所科研院校，五百多个科研机构，航天、电子、农业科技久负盛名，我们去国家级大型农业科技示范区杨凌参观，切实感受中国未来农业的发展趋势。以一个外地人的眼光看，深圳和西安各有优势，各具特色，在沿海和内陆省份的快速发展上都会起到引领作用。

二〇〇四年七月于集宁

永远的思歌腾

第一次知道"思歌腾"是"知识青年"的意思，是我走进呼伦贝尔市新巴尔虎右旗的那天。新巴尔虎右旗位于祖国东北边陲，是当年天津知青到内蒙古插队的旗县之一，现旗政府所在地阿拉坦额莫勒镇建有思歌腾广场。

八月中旬的呼伦贝尔草原，天高远，草如茵，蓝天白云下，阿拉坦额莫勒这座小镇就像镶嵌在大草原上的一块五彩玛瑙，主色调红蓝相间又颇有俄式特色的建筑格外亮丽。思歌腾广场就坐落在阿拉坦额莫勒镇克尔伦大街上，是目前为止全国唯一一处以纪念知青插队为主题的广场。

这处主题广场由外部纪念设施和室内场馆展示两部分组成。室外构筑物部分有象征草原兴旺升腾的火撑子雕塑和人物雕塑。广场中央是卧碑，下面有条甬道，甬道里流淌着清清溪水，寓意知青岁月如历史长河中的短暂一瞬。水底可见一行行脚印，是当年施工时邀请知青代表踩上去的，形象地刻下知青们怀着远大理想和抱负走进呼伦贝尔的闪光足迹。室外另一部分是知青文化长廊，八十米长的浮雕墙再现知青们从海河之滨奔赴天边草原，与牧民一起劳动、学习、生活的一幅幅生动场景。长廊建筑内部，设有知青文化展厅，陈列了大量文字、图片，还有数百件从知青和牧民手中征集的有关实物。一本本旧得发黄的书或笔记本，一件件或生锈或掉漆的生活用具，见证了那段难忘的岁月。

以一九六八年和一九六九年为主，短短几年内，天津八千一百七十多名知青奔赴呼伦贝尔，将个人命运与祖国的命运紧紧连在一起，与岁月一同激荡沉浮，与山川一同悲喜相依。水草丰美的天堂草原接纳了他们，草原的风风雨雨锤炼了他们。我随着参观的人流在思歌腾广场每一处凝固的历史面前驻足，仔细阅读当年知青们在草原上度过的苦乐年华。我一件挨一件注目细看知青们用过的牧羊鞭、奶桶、水壶，看他们穿过的旧马靴和发白的旧衣帽、军挎包，看他们当年写有密密麻麻心得体会的日记本以及照明用的小马灯，心里涌起太多太多的感喟。他们经历的那段艰苦岁月使我感触极深，我被知青们献身草原的精神感动得热血奔涌、热泪盈眶。

当时，呼伦贝尔市人大专委会一位负责人陪同我们参观，他是后来未返城留在呼伦贝尔的天津老知青。他动情地讲述了自己的知青岁月。他说，如果没有来内蒙古下乡，他不可能了解中国北方牧区的情况和各族群众的生活状况，不可能懂得大草原美丽风景背后群众生活的艰辛，不可能有与艰难困苦斗争积累下的阅历和能力，这些历练，他在城里是完不成的。

老知青讲的一席话令我十分敬佩，也深受感动。如今，内蒙古人民没有忘记曾经与他们相濡以沫的知青，没有忘记与他们一起生活、一起劳动的知青。他们建设这座思歌腾广场，表达了对知青们的深切思念。

巴尔虎人民没有忘记把青春和生命都献给草原的女知青张勇。思歌腾广

场上有一组青铜雕塑，张勇骑马放牧，下面是碧绿的草地，草地上十九只铜雕绵羊，或仰头咩咩叫，或低头专心啃食，神态活灵活现，让人倍感爱怜。一九六九年四月，张勇与伙伴们离开天津，奔向新巴尔虎右旗，在额尔敦乌拉公社白音宝力格生产队插队，生产队给她分配了一份放羊的工作。在大草原的牧区当羊倌本是个又苦又累的活儿，更别提一个来自大城市的女孩主动挑起担子去放羊。据张勇的知青战友周萍回忆，一九六九年，呼伦贝尔草原的冬天特别寒冷，气温有时降到零下四十多度。一天，张勇赶着羊群在接近中蒙边界的一带放牧。暴风雪突然来袭，张勇怕羊群越过边界，骑着马一直追堵聚拢羊群，与暴风雪抗争了十多个小时，硬是顽强地挺了过来，没丢失一只羊。

　　一九七〇年六月三日，在巴尔虎草原的母亲河克尔伦河边，为救护落水的羔羊，张勇不幸溺水遇难，年仅十九岁。张勇牺牲后，被追认为革命烈士。雕塑中的十九只羊，象征张勇走过的短短十九个春秋。送别张勇那天，白云驻足，山河呜咽，牧民群众和知青战友们噙着眼泪将她安葬在额尔敦乌拉山顶。乡亲们想让张勇望得见千里之外的海河，望得见她的家和她的亲人，想让巴尔虎草原和克尔伦河永远与她相伴。直至今日，张勇的事迹还在呼伦贝尔大地广为传颂。当年，张勇烈士的知青战友刘桂珍放弃了回城机会，留在新巴尔虎右旗，一直陪伴着长眠草原的好姐妹、好战友。

　　火热的时代，火热的青春，在火热的生活中奉献、磨砺，或激越，或沉凝，或峥嵘辉煌，或坎坷悲壮，那段历史永远留在知青的记忆里，刻骨铭心。

　　斗转星移，一晃三十八九年过去了，当年插队的知青返城后一直没有忘记在草原上胼手胝足的岁月，一直没有忘记草原慈母般的关爱。他们当中有后来走上领导岗位的天津市副市长孙海麟；有在草原插队四年当马倌和大队会计，后被选送到大学，再后来成为中国科学院院士的龙以明；还有卓有成就的企业家、法律工作者、普通教师，也有一般工人。他们每个人都通过各种渠道关注巴尔虎的发展，用各种各样的方式支持第二故乡的建设，他们尽自己所能，把对草原母亲的挚爱回报给这片让他们魂牵梦萦的热土。近几年，他们多次组团回访第二故乡，还组建了"天津知青艺术团""草原情合唱团"，正在筹备赴呼伦贝尔为乡亲们献演。

今天，巴尔虎草原的城镇、牧点和牧民的生产生活都发生了翻天覆地的变化，如同雄鹰正在随风展翅，扶摇直上。知青们也为锤炼他们体魄、磨砺他们意志、承载他们理想的巴尔虎草原，为他们生活、战斗过并奉献青春年华的人生摇篮，为广袤美丽的第二故乡无比自豪。

我想，远在天堂草原另一端的张勇大姐，若能看见今天草原的新变化，一定会欣慰地露出当年那花朵般的笑容。

二〇〇七年八月十六日于海拉尔

明眸流波日月潭

在初中地理课本上，我第一次知道祖国宝岛台湾有个日月潭，总以为是可思可慕不可亲睐的美人明眸，多少年后，我终于走近了你！

二〇一四年一月十二日下午，当万山丛中一泓明潭突现眼前，当蓝天白云下一面宝蓝色的明镜把我接住，日月潭，你的美让我惊呆了！

我搜遍脑海里所有关于湖光山色的词汇，似乎没有哪个词能更贴切地描述你、形容你，此时此刻，幻耶？真耶？仙耶？凡耶？日月潭，默念着你的芳名，我一次次目醉神迷！

日月潭位于台湾省南投县鱼池乡水社村。潭，其实可看作是面积较小的湖，"桃花潭水深千尺"，山间有深的水池，也便称为潭。日月潭由玉山和阿里山之间的断裂盆地积水而成，湖周三十五公里，水域面积九平方公里，水深二十至三十米。环湖皆山，湖水澄澈，湖中有天然小岛浮现，圆若明珠，形成"青山拥绿水，明潭抱绿珠"的美丽景观。关于日月潭名称的由来，流行的说法是，潭中有个小岛叫拉鲁岛，以此岛为界，北半湖形似圆圆的太阳，称为日潭，南边湖面像弯弯的月亮，故称月潭，日月潭因此而得名。至于导游讲的青年夫妇大尖哥和水社姐制服恶龙拯救日月的民间故事，我认为，那只是自古以来人们对不屈个人命运、征服自然厄运的一种向往。据介绍，日月潭一带古称水沙连，在可查证的资料中，"日月潭"一词最早见于清道光年间邓传安所著《蠡测汇抄》里的《游水里社记》："其水不知何来，潴而为潭，长几十里，阔三之一，水分丹、碧二色，故名为日月潭。"清道光元年，邓公任台湾府北路理蕃同知，他游记里的描述或许是日月潭名称的真正由来。

　　下午四时，我们从潭边码头登上一艘小游艇，开始驶入湖面畅游。天空碧蓝如洗，只有日月潭东南和东面的群峰顶上，缀挂着几朵白云。湖面柔和亮丽，近看盈盈潭水，清波舞袖，鱼虾跃水，游鳞往来，远处的山岚和湖岸绿荫中若隐若现的几处建筑，在临岸的水面映出绰绰倒影。随着游艇缓行，均匀平静的蓝、雍容滑润的绿，不同的颜色交替着染亮我的双眼，我说不出这一汪潭水到底像蓝宝石还是像绿翡翠，我惊诧大自然竟然有如此精妙奇特的构思。日月潭，你是集世上所有品质美女之神奇的一双明眸，温婉、矜持、恬静、善睐，任何赞叹之言都该就此屏息，即使是清人曾作霖"山中有水水中山，山自凌空水自闲"的诗句，依然道不尽你如诗如画的美妙。日月潭，明眸双潭，往来倏忽，彼美人兮，在水一方！

　　开船的是一位五十多岁的阿婆。阿婆给大家唱歌，又端出一小盆水社村的香菇茶叶蛋，给每人都赠送了一个请大家品尝，那茶叶蛋热热乎乎，味道奇香，本想再买几个分给大家吃，阿婆说，只给一人准备了一个，让人们吃了茶叶蛋留住对日月潭的美好记忆。看阿婆的相貌和穿着打扮，猜想她是日月潭一带的居民，一问，阿婆果然说是的。他们自称"依达邵"，仅几百人集中居住在日月潭畔的水社村和日月村两个村落。根据族人的口传典故，他们祖先在狩猎时遇见白鹿，逐鹿翻越阿里山而来，生活方式以渔猎、农耕和山林采集为生，农业作物主要是板栗、番薯和花生。近百年来，由于日本侵入台湾，这里居民的生活环境和文化风貌有了很大变化。一九九九年的台湾大地震，他们的聚居地正位于震中，村落房屋设施受到极大破坏，因地震伤亡，族群人数由数千人锐减至不足三百人。现在，他们逐渐由日月潭周边山区砍柴打猎转为从事水产捕捞和旅游业。

日月潭周围的群山侧畔，有慈恩塔、玄光寺、玄奘寺、文武庙、涵碧步道、梅荷园等名胜古迹，从湖面远望，青龙山上的慈恩塔清晰可见，为日月潭景区最高点。由于观光时间较短，我们一行只能参观玄光寺。该寺临日月潭而建，起初，玄奘法师的顶骨舍利安奉于此，后移奉玄奘寺。玄光寺下设有码头，游客乘船靠近码头上岸，再登数十步台阶便可到达寺门外，寺内供奉玄奘法师金身，寺外平台居高临下，是观赏日月潭涵碧秀水的绝佳之地。

返回码头时已近傍晚，落日映在湖面，泛起金色波光。此时，游客少了许多，日月潭湖水变得静谧而绮丽。走在栈道上，我一步一回头，恋恋不舍地回看几眼这双美人眸子。有限的几小时内，日月潭那清幽的湖水，那潋滟的波光，不仅给了我十分惬意的视觉享受，也让我萌生能有更多机会拥抱山水、亲近自然的渴望，让我内心充满了对恬静悠然、从容淡泊生活的向往。

刚上岸，我看到有一对新人正在日月潭岸边拍摄婚纱照。我忽然想起几年前，有一部电视剧叫《爱在日月潭》，这部剧由海峡两岸在台湾联袂拍摄、两岸影星牵手演绎。剧中主人公分隔两岸，因前辈五十年的别离相思，让他们的感情几度陷入徘徊怅惘，但他们依然追求真情挚爱的感人情节，在我脑海重现。该剧的片尾曲，曾让许多观众深深感动，依稀还记得这么几句：

用力拨开遮住了阳光的层层云霭

有一种逃开了迷雾之后新的痛快

不会再让你一直生活在阴霾

你的泪水答应过我不会再流下来

承诺过的誓言不会随着时间变改

别把爱掩埋，也不要再徘徊

请跟我一起来

让我们一起坚持爱

排除所有艰难障碍

结果要等待，过程很精彩

不会让你受伤害

让我们一起坚持爱

别因为失败而摇摆

把思念溶化开，注入我动脉

我的心由你来主宰

不要徘徊，排除障碍，让我们一起去等待，毕竟，血浓于水！

二〇一四年一月十二日于台北

走向天边寻远梦

　　近年来，我一直想停下匆匆的脚步，到一个很远很远的地方，寻觅一方净土，还原生命本真，在片刻的宁静中找回自己似乎早已远去的旧梦。

　　二〇一五年七月十日，"太仆寺之夏·全国知名作家诗人草原采风"活动在锡林郭勒盟太仆寺旗贡宝拉格草原启幕，十多个省、市、自治区的四十多位作家、诗人相聚草原。应活动主办方负责人、锡林郭勒盟作家武雁萍女士邀请，我作为一名"编外作家"参加了这次活动。记得活动时间确定后，武雁萍几次打来电话说："来吧，我们一起去看九曲回荡的锡林河，去看天边草原乌拉盖。"

一

我决定前往太仆寺旗的时候，心里确实有点发怵。一来我不是作家也不是诗人，连一本文集或诗集都没出版过，扔下手头正忙的行政工作跑到文人圈里"凑热闹"，真是有"不务正业"之嫌；二来我从未参加过类似的活动，面对这么多过去不曾有过交往交流的大家、高手，只怕让人家耻笑我就是那个滥竽充数的南郭先生。

到太仆寺旗集合的前一天，我带队考察的云南保山市金融扶贫项目刚好结束。乘飞机返往昆明中转，当晚又飞回呼和浩特，次日一早坐小汽车返回乌兰察布，接着转乘火车奔张家口，再乘坐大巴前往太仆寺旗。我为草原山丹花绽放的盛情，为到天边寻梦，两天来马不停蹄，各种现代交通工具几乎都用上了。

当天中午，各路作家、诗人在张家口市集合，这是和我工作地乌兰察布毗邻的一个地级市，两市地缘相连，人缘相亲，文化交融，民俗、饮食习惯上也有许多相似、相近之处。午餐是地道的塞北张垣家常美食，菜品有清炒土豆丝、五花肉炒口蘑、沽源黄花菜、柴口堡熏肉，主食是一窝丝烙饼、坝上莜面、油炸糕。在四十多位客人中，应该只有我对这些饭菜熟识，所以我知道武雁萍提前做了精心安排。

用餐毕，大巴驶出张家口，向北往锡林郭勒盟方向行进。听说很快就会走进草原，远道而来的客人们早已按捺不住内心的兴奋。在车上，印象中略显腼腆的武雁萍，模仿导游的解说模式和辞令给我们介绍采风活动安排，带头领唱草原歌曲。大家都放下平时的矜持，一路歌唱，一路谈笑，奔向草原。

离太仆寺旗宝昌镇有五六公里时，只听得轰隆、轰隆的雷声，仿佛天公敲起了迎宾的金鼓。霎时，一场太阳雨如约而至，雨滴晶莹透亮，如一串串珠子急急地、密密地倾泻下来。武雁萍原安排在路边稍作停顿，要大家走下车，以内蒙古草原敬酒献哈达礼仪欢迎大家，但由于这场瓢泼大雨，仪式只好改在车上进行。身着盛装的蒙古族歌手走上大巴，深情唱起《下马酒之歌》，我接过满满一碗美酒一饮而尽。十分钟后，雨停了，视野里，刚刚洗过澡的草地更显碧绿清新。未曾想到，大自然也顺遂东道主的心意，以这样的盛情迎接我们。到达贡宝拉格一个牧点，我双脚一落地，再也无法抑制泉涌般的诗情。

> 一道美丽的彩虹
> 在红山口和锡林河之间起落
> 我循着诗歌的七彩光芒
> 在逐梦的幻觉里
> 像白云一样飘向草原

二

七月初的草原之夜，情景甚好。这一夜，一定有让我们能听醉的琴音；这一夜，在炽热如火的激情中，一定有四十多颗闪亮的星划破草原夜空。

在贡宝拉格一座大型蒙古包里，热情的东道主举办欢迎晚宴，锡林郭勒盟委宣传部、文联以及太仆寺旗党政领导前来祝贺并为采风活动启动仪式致辞。诗人兴会，盛况空前，醇香的炒米奶茶，肥美的烤全羊、手把肉，鲜嫩的血肠、肉肠摆上餐桌，热情欢快的气氛顿时洋溢开来。席间，有太仆寺旗乌兰牧骑穿插演奏马头琴，表演呼麦和歌舞，款待远道而来的作家。大家举杯畅饮，聆听草原的絮语，向祥和美丽的草原诉说久久向往的情怀。

太仆寺旗一位领导问我："你是来自何方的'大作家'？"我满脸惭愧，搪塞不过，只好如实相告。他说："你能赶来参与这类活动，真是初心未改，旧梦不忘啊！"我戏答："生活，不是还有诗和远方嘛！"

飘溢的酒香早已熏醉贡宝拉格的夜空，露天搭建的舞台上，马头琴音低回婉转，篝火熊熊燃烧起来了，采风活动首场篝火晚会《欢腾草原》紧接着进行。冷光烟火流泻火瀑银帘，五彩礼花在草原夜空绽放，旗乌兰牧骑演艺人员与作家同台献歌献舞、倾情朗诵，十八个节目精彩纷呈。舞翩翩，月无眠，歌绵绵，星有约，人们早已忘记身在何处，夜深几许。国家一级演员、达斡尔族著名女高音歌唱家郭丽茹应邀前来，为采风活动助阵献艺，一首《牵手草原》再次把晚会推向高潮。

多情的草原，多情的太仆寺，我的心已在梦中坠落。

三

七月十一日上午，路过浑善达克。这里既不完全是沙漠，也不是典型的草原，是一处地貌独特的沙漠草原景观。起起伏伏的沙丘上，稀疏地生长着耐旱的沙柳、沙榆，低洼处，不时能看见晶亮清澈的水泡子。这些低湿地带，形成百亩或数百亩大的草甸，也可看作是沙丘中的绿洲，有双峰驼和一群群山羊、绵羊点缀其间。我看见一个少女在水泡子边上洗衣服，粉红色蒙古袍映在湛蓝的湖水里，格外艳丽。蒙古包前的拴马桩上拴着一匹白马，前蹄不停刨地，似乎早想摆脱羁绊在草原上撒欢。一个肤色黝黑的小伙子走出蒙古包，解开缰绳，翻身上马，马鞭轻轻一甩，顷刻间，如若一道白亮的弧光，消失无踪。我们品尝了牧民家的奶茶、奶酪、羊肉串和油炸棒条（面食的一种），再往东北走，采风团的大巴驶入锡林郭勒大草原腹地。

下午两点半，日头还高，天空依旧湛蓝，蓝得能把作家们的灵魂深深吸入。在锡林浩特市东南十三公里处的一段公路上，我们看见水走龙蛇、美轮美奂的锡林河。这是锡林郭勒草原上的一条内陆河，也是锡林郭勒的母亲河，发源于内蒙古赤峰市克什克腾旗俄伦泊，自山地丘陵一路奔向草原，行将消耗时，在锡林浩特城区外环绕而过。我们站在较高的路基上观赏锡林河，九旋九曲，自然天成，像一条蓝色缎带静静流淌，流过星星点点的蒙古包，流向草原深处；我不仅看见它的从容、优雅，更感受到它的智慧和亲和；我不知道它流淌了几千年，还要继续流淌几千年，不知道在它那臂弯里，究竟还掖着多少久远的心事，但是，我听到了锡林河两岸鲜花盛开的声音，听到了它养育的这片草原上回荡着悠扬的牧歌。

暂时收起眼前梦幻般的美景吧，我们还要去乌珠穆沁，去乌拉盖，那里才是我梦回梦落的地方。

四

乌珠穆沁的大是真正的大，方圆七万平方公里。乌拉盖，是乌珠穆沁大草原深处的一个地名，因电影《狼图腾》的拍摄而闻名。七月十二日，大巴从锡林浩特再出发。一路上，我极力从脑海里搜索诸如广袤辽阔、博大雄浑、无边无际之类的词语，觉得用任何一个类似的词形容它、描述它都毫不过分。

接近傍晚，终于到乌拉盖了。在当年的知青点参观半个小时后，我们到达一处有几户牧民居住的牧点。大家有的喝奶茶、品尝奶酪稍作休息；有的围在蒙古包外，观赏这独特的民居以及它独特的结构和搭建方式；更有几个径直走进草地，以鲜花草原为背景拍照留影。我独自一人走出几百米，站在草地上眺望远方，想以诗的形式，记下我天边寻梦的此时此刻。

我走进乌拉盖

先是仰望苍天

其后极目绿野

苍天是乌拉盖的穹顶

绿野是乌拉盖的罗衾

我一颗朝圣之心

在你起伏的胸襟

弥天接地

我跨上驰骋的骏马

恣意挥霍被世俗尘埃

深埋已久的激情

　　东道主的盛情继续在草原上铺陈。当晚，在乌拉盖那处牧点，在一座蒙古包里，我们品尝全羊美馔，断没有不推杯换盏的理由。西边的晚霞渐渐褪去，我早已微醺，抬头望望夜空，点点繁星闪烁，毡包前的篝火再次燃烧升腾起来。在马头琴悠扬的旋律中，一场诗会如期举行，诗人们仿佛都变成歌唱家、舞蹈家，尽情地唱、尽情地跳，激情朗诵自己的诗作，美丽的草原永远定格在诗人们的诗行里。

五

　　这次采风活动为期五天，行程一千六百多公里，大家为一场注定的邂逅恣意放飞激情，尽情挥洒笔墨。由于要参加自治区召开的一个会议，在锡林郭勒的第四天下午，在锡林浩特市贝子庙前，我只好与大家一一握手告别。虽然没能全程参与，我觉得已足够奢侈。

　　此行我最大的收获，不是走进锡林郭勒草原偷闲几天的轻松惬意，不是采风期间写了组诗《七月，我们牵手草原》，而是结识了从北京专程赶来参加活动的文学界前辈路远老师，以及来自安徽的著名诗人吴少东，江西诗人王彦山，山西诗人王国伟、王晓鹏、裴彩芳，作家高海平、白琳，江苏诗人陈虞、长岛，以及作家王晓明、沙漠子、陈园等。内蒙古作家、电视艺术家杜梅大姐，在前往张家口的火车上，两次打电话与我联系，说她座位旁正好有一个空座，让我过去聊天。活动期间，我和包头诗人马端刚主动担当半个"东道主"角色，帮助武雁萍招呼照应外省市的客人。

　　山西作家高海平，《语文报》社副社长、副编审。《语文报》诞生于一九八一年，被誉为"中华语文第一报""学生第一报"。我问海平先生："这个《语文报》是不是我读高中时候订阅过的报纸？"他笑着说："是的，还健在！"听他自信的回答，我心里暗暗感动，坚守三十六年的《语文报》曾经是滋养我写作兴趣的一片膏壤，是激起我写作动力的一股清泉，今天，它还是一片托起中小学孩子们文学梦的摇篮。我想，文学的梦，既是一个遥远的梦，又是一个可感可触的梦。对于为办好一份报纸殚精竭虑的海平先生，对于参加这次采风活动所有的作家和诗人，锡林郭勒的五天，也是他们回归心灵家园、延续文学梦想的一次寻梦之旅。

　　七月十三日下午五点，我乘锡林浩特机场的航班前往呼和浩特。登机前，看见武雁萍发来的短信：祝回程顺利，乌拉盖仅仅是一片草原，真正的天边还在远方！

二〇一五年七月二十八日于集宁

关于草原和大海

许多人用辽阔广袤、浩瀚无边等词语形容草原，也描述大海，我极有同感。草原和大海虽有不同的色彩、不同的形态、不同的蕴意和不同的个性，但它们有同样博大的胸襟，有相似相近的自然神韵，有个体生命与它们割舍不了的精神血缘。

草原是绿色的，大海是蓝色的。绿和蓝是植入生命的原生色，绿是力量之源泉，蓝是灵魂之归宿。

草原是宽厚的，大海是多情的。人们把草原和大海视作摇篮、视作母亲、视作故乡，融入太多的情感，寄托一生的眷恋。

草原是苍茫的，大海是深邃的。它们的壮阔，它们的魅力，给人以无限遐想，无限启迪。

草原之恋

生在草原，长在草原，再没有任何字眼比"草原"二字更让我感到温馨和亲切。我把草原揽在怀里，今生今世舍不得撒手，我把草原藏进心间，奔涌的诗行倾诉我深深的挚爱；我把草原投入梦中，草原一次次拽起并蓬勃着我的依恋。

草原的辽阔广袤，让我感受到天的高远，地的博大。举目远眺，蓝与绿的极简构图，足以让思想、心情在湛蓝的天空和苍茫绿海间自由飞翔。当草原的绿色装进我眼帘，植入我肌肤，我才知道，绿本就是生命的原生色。无边的辽阔中，抑或有绵延起伏，那是一种自在从容、舒缓流畅的韵致，置身于大草原任何一个地方，我都可以认为自己站在了天地的中心，昂首举目、展胸伸臂的刹那，心中顿感"天地与我并生，万物与我为一"。

草原的美是天地间的大美，是一种自然纯净的美，一种恬静、安详、不带一丝尘杂的美。在不同的季节，不同的时间，我感受草原每时每刻的变幻之美和细节之美：清晨，绿色草地温润而鲜嫩，草尖上挂着晶莹露珠，有几匹骏马披着晨曦安静地吃草，羊群像一大把珍珠，从牧村那边慢慢流向草地；午后，艳阳当空，天蓝得醉怡心神，草绿得滋润肺腑，几朵白云飘过，明明暗暗的云影在地面流动，葱茏的草地上，有蓝色的、紫色的、黄色的、白色的野花点缀其间，翩翩彩蝶和嘤嘤黄蜂在花间嬉戏忙碌；傍晚，晚霞映照，金色光线如梦如幻，远处毡房炊烟袅袅，那是一幅流光溢彩的油画；入夜之后，月色溶溶，空气中飘散着淡淡的草香花香味，格外清新，时有夜马鼻翼轻噏，还有小昆虫轻轻鸣叫。静谧的草原之夜，敖包那边传来悠扬的马头琴声，高亢悠远的蒙古长调在诉说对草原的眷恋，借着月色星光，一对情侣打马走向草原深处，互相倾诉心中的爱意。

草原无私无怨，当国家利益和地方利益、个人利益冲突时，淳朴善良的草原人民懂得舍"小家"顾"大家"，草原一次次展现了她宽广的胸襟。

我很自然地想到二十世纪草原人民无私奉献的几个感人事例。一九五八年春天，为建设我国第一座卫星发射场（今酒泉卫星发射中心），内蒙古阿拉善额济纳旗三百多户一千四百多位牧民，让出他们世世代代居住的家园和草场，在一百四十公里之外择地寻找可以放牧生息的地方。长达八年的时间里，牧民们反复倒场，三易其居。一九九九年十一月二十一日，"神舟一号"飞船首次降落在乌兰察布盟四子王旗阿木古郎牧场，从此，中国人民的飞天梦与这片草原结下不解之缘。阿木古郎，意为"平安"。这片两千一百六十平方公里的草原，早在二十世纪七十年代末就被选定为回收航天飞船的主着陆场，航天部队陆续勘察并进场建设，爱国奉献的情怀早已深深植入牧民心中。为圆满完成回收任务，从"神一"到"神十一"回家，乌兰察布市和四子王旗两级政府每次都调集大量人力物力，做好相关保障工作。

草原更是亲和的、宽厚的、包容的，走进草原就像走进母亲的怀抱，有一种安全感、温馨感。亲和的草原，是生存在她怀里所有生命的摇篮。对草原人民来说，草原不仅仅是他们的生命依托，草原还与他们有着永远不能割舍的精神血缘。宽厚包容是草原独特的品格，当远方的客人走进草原，热情好客的草原人总会站在毡包门口笑脸相迎，端上热气腾腾的奶茶，敬一碗醇香的美酒，献一条哈达。

生生不息的草原，不仅养育了自己的子孙，还敞开胸襟，接纳了投入她怀抱的每一位中华儿女。明朝中期到中华民国初年近四百年的时间里，塞外草原接纳了成千上万"走西口"的逃荒饥民，接纳了我的祖辈父辈，他们落脚长城之外，一代一代在草原上繁衍生息。二十世纪六十年代初，遭遇严重自然灾害，大批南方孤儿面临营养不足的问题，他们被送到内蒙古大草原，再被分送到各旗各个牧点。这些孤儿，被牧民称为"国家的孩子"。在乌兰察布四子王旗杜尔伯特草原，十九岁的都贵玛姑娘收养了二十八个孤儿。草

原母亲博大的爱，让孩子们在艰难的岁月中全部活了下来，长大成人。都贵玛额吉把一生最美好的青春年华，献给了困难中的国家，献给了上海孤儿。

大美无边，大爱无言，这就是辽阔美丽的草原，这就是胸襟博大的草原，这就是我深深依恋的草原！

大海情缘

作为一个草原上的人，我平生第一次看海，是在三亚海岸，在一块礁石上眺望南海。从此，我喜欢上了大海；从此，大海走进我心中。我被大海的魅力和它独有的神韵吸引着、诱惑着、召唤着，于是，再去大连、去北戴河、去青岛、去厦门看海。

不同的时间，不同的地点，我领略大海的清澈湛蓝，领略大海的苍茫无际，领略大海的汹涌澎湃。曾经面朝大海，微闭双目，一直等到一轮红日从托举的手掌中蓬勃而出；曾经一个人静坐海边，感受潮湿的海风，注目自远而近的海浪拍打堤岸，倾听大海深沉的陈诉；曾经在朋友的引领下，在一个中秋之夜赤足沙滩，摆一张简易餐桌浅斟低吟，抒发"海上生明月，天涯共此时"的感怀，那一刻，大脑里的嘈杂和欲念全都抛向九霄云外。每一次离开大海时，我都因匆匆而来匆匆而去，心里有一丝莫名的遗憾和失落。

在现当代诗人或作家以大海为题的诗文中，我特别喜欢舒婷的《致大海》。与诗人一样，我也由衷赞叹薄雾朦胧的海平面冉冉升起的红日，赞叹橙红色波光尽头缓缓西下矜持坦然的夕阳，我也因海边沙滩的点点足迹、闪亮如星的贝壳和海上来来往往的风帆温柔地怀想。我一遍遍吟诵这首诗，对照自己已经走过的五十年人生，用心悟读充满哲思的经典诗句："大海，变幻的生活，生活，汹涌的海洋！"我似乎从大海波动的情绪、变幻不定的性格中悟出一些道理：面对大海的从容自在，我们对生活要保持豁达的心态，对人生要充满自信；面对大海的起起伏伏，我们要正确看待生活中遇到的困难和人生中的坎坷波折；面对大海的惊天伟力，我们任何人，都不能有凌驾于大自然之上的放任和骄横；面对大海的险恶和贪婪，我们要像海燕一样，以智慧的头脑和矫健的身躯奋勇搏击，我们要相信这个世界"有沉沦的痛苦，也有苏醒的欢欣"！

我真真切切地感受过大海的惊涛骇浪。二〇一〇年九月中旬，我到福建出差，在漳州龙海区办完事后，厦门市区的朋友曾先生过来看我。原本我俩要在傍晚前乘仅仅二十分钟的轮渡回到厦门，但由于超强台风"凡亚比"即将登陆，轮渡停运了。曾先生只好和我在港尾镇的宾馆住下，我们被困了整整两天。宾馆东向大海，那夜狂风呼啸，暴雨如注，院子里、路边、海边，许多粗壮的树被连根拔起，固定在地面的几排自行车锁架倒立起来，自行车轮子都严重扭曲变形。第二天，暴风雨继续席卷这个港湾，骇得我几次倒吸凉气。据当时电视台报道，台风登陆前，中心风力达十六级。在宾馆的小酒吧，曾先生陪我小饮，一直安慰我说，台风在沿海地区司空见惯，很快就会过去的。

曾先生与我同龄，他说他的童年和少年时代在外婆家度过，那是厦门港外一个叫浯屿的海岛。他回忆自己七八岁时，总是光着身子在海边礁石缝里玩，寻找贝壳，看木船列阵出海，对海从来不惧。多少年来，他一直记着外婆领他到天妃宫看渔民们祭拜妈祖，记着岛上中秋节博饼和闰年十二月王爷做醮等传统活动。说到兴奋处，他给我唱朱明瑛那首《大海啊故乡》，从头到尾一直唱完。他说，大海赋予了他生命，大海就是他的故乡，他有发自内心深处眷恋大海的情结，大海已经深深植根在他的生命里。

但是，对于出生在北方的我来说，面对大海，我还是像个不懂事的孩子。大海对我来说永远是陌生的，这种陌生来自于大海变幻的色彩和动态的性格，因为它永远神秘莫测；这种陌生来自于大海狂风掀浪、涛声如雷时令生命震惊的力量，让我深深敬畏；这种陌生来自于我对大海博大的精神不能透彻参悟；这种陌生来自于我与大海对视时难以真正找到自我的人生迷茫。面对大海，我忽然间想到很多关于海的词语：沧海一粟、学海无涯、人海茫茫、海纳百川、海阔天空……

　　诗人韩冬在他的诗《你见过大海》中写道："你见过大海/并想象过它/可你不是/一个水手/就是这样/你想象过大海/你见过大海/也许你还喜欢大海/顶多是这样。"撇开诗的文化意义单从浅层次理解，一个生命个体在大海面前真是太渺小了。我们都得承认，大海的魅力是无穷的，大海给人美丽的色彩、丰富的声韵，给人浪漫和激情、想象和启迪，无穷无尽。

　　我只能说，我见过大海，也喜欢大海，顶多是这样。我只能说，我能多次亲近大海，感受大海，也是幸运的。

二〇一六年十一月二十日于集宁

后 记

　　有关我业余时间文学创作的动因和过程，在自序中已给读者做了简单交代，在此不再赘述。书稿整理得差不多了，我开始联系出版社咨询出版事宜，也想在本书最后写上几句话。

　　出版一部集子犹如十月怀胎，拿起文稿改一改，放下几天，甚至一两个月，再拿起来改，最终还是觉得自己写的东西与"文学标准"相距甚远，特别是在作品的深度、厚度和思想力上达不到一定的水准。因此，我一直怀着惴惴的心不敢急于"一朝分娩"。市作协几个朋友问我："听说你在整理一部散文集，出版了没有？"我说："还没呢！"他们说："看过你写的东西，文笔精炼，有真情实感，挺接地气的。"我微微一笑，真心感谢大家能这样抬举我。

　　记不起哪位作家说过，真情实感是散文创作的生命，我很赞同这句话。我往往在工作场合是一个角色，静下来写作的时候，又转换到另一个角色，我承认我在情感方面还是比较细腻的。乡下故土苦涩而又温馨的童年和少年时代，父母长辈对我的哺育之恩和浓浓爱意，半百人生中与同学、老师、同事和领导建立起的深厚友谊，常拨动着我心底那根最柔软的弦。我写故土，写亲情，写友情，《母亲搬家》《老家的院儿》《真情师友》这几篇，是我边流泪边写下的。

　　真情实感源于我心中永远有一片绿，源于我对家乡或者对异域一座山、一条河、一个哨所、一个村庄、一座城市的仰慕或怀念。我不止一篇写到绿，《集宁的绿》《来去相遇葱茏中》《感受春天的美好》，绿是生命，是希望，是让我蓬勃向上的力量源泉；我不止一次写到山，《七狼山情思》《家乡壮美火山群》《苏木山，为你放歌》，山是大地的魂，是我心中的神，我常常仰视它的雄浑壮美。"大地行吟""心作诗书走天涯"两辑，我写下行走在乌兰察布大地上的感受，写下走出乌兰察布旅迹天涯的点点滴滴，无论是生活在其中的人，还是发生在其间的事，都让我真切地感动着。我爱我的家乡，爱我淳朴善良的父老乡亲，我为我的家乡自豪，我还为我能踏足祖国大地的任何一寸土地丰富阅历、增长见识而庆幸。

　　每个人所走的路都不可能是一直通往成功的平坦大道，在本书"清瘦的路"一辑中，《十年大学梦》《明月夜，思故乡》等，大致勾勒出我半生奋斗的艰辛历程和个中得失甘苦，写下这些，更多的是为了励志，为了更执着地前行。人在旅途，思想也永远在旅途，《七夕感怀》《海上一夜》《望美人兮天一方》等，也算是生活感悟，人生感怀，我在，故有我思。

　　在整理文稿的过程中，得到内蒙古自治区文联原党组书记、著名作家里快先生和著名作家路远先生在散文创作上的指导和指点。里快老师在百忙中通过邮箱传递，亲自为我修改了其中两篇，让我从中体会散文的文体特点、语言特点和谋篇布局的技巧等，随后，由他推介，发表在中国观网原创栏目。去年他回乌兰察布，带走我这部散文集的样稿，说回呼和浩特抽空为这部文集写序。二〇二〇年三月二十一日，他通过微信给我发了一篇名家散文新作让我品赏，没想到仅仅过了十天，他未能抗过病魔侵吞溘然长逝。他曾是我的老领导，也是与我忘年交的好兄长，师长已去，悲痛难言。

　　在本书出版过程中，得到乌兰察布市作协主席、作家王玉水先生在总体策划上的指导，还得到不少作家朋友的鼓励和支持。乌兰察布市书画院院长、著名画家王永鑫先生，在百忙中抽出时间为散文集精心绘制几幅插图，并与摄影家张建新一同为散文集设计封面，云南昭通的书画家朋友余贵林先生为本书题写了书名。在此，我一并表示感谢！

二〇二〇年八月一日